GOBOOKS & SITAK GROUP©

三日月書版

三日月書版

子夜歌
情難絕
墨竹
繪 はまぐり
三日月書版
BL04

子夜吳歌

ZIYEWUGE

目録 contents

子夜呉歌

第一章

「如霜，怎麼光是吃飯呢？」他往百里如霜的碗裡不停夾菜。

百里如霜低著頭拚命吃著，整張臉幾乎埋到了飯碗裡。

「怎麼吃這麼快？」他放下手裡的碗，「多嚼幾口再咽下去比較好。」

「如瑄，你別只顧著他，飯菜都要涼了。」

聽到這個聲音，百里如霜立刻嗆咳起來，如瑄連忙又是盛湯又是拍背的。坐在他們對面的百里寒冰也把碗放到桌上，發出一聲不大不小的聲響。百里如霜渾身一顫，捂住嘴把咳嗽強忍了下去。

「好點了嗎？」如瑄把湯遞到他面前，「喝點湯再吃，別吃太快了。」

「如瑄！」

「我吃飽了。」如瑄的視線一直在百里如霜身上，敷衍地答了一句，卻是又夾菜到百里如霜的碗裡。

百里寒冰看著如瑄沒怎麼動過的飯碗，不滿地皺起眉頭用力放下筷子，讓如瑄的注意力從那個孩子轉移到他的身上。百里如霜跟著如瑄放下碗筷，卻是低頭看著桌面。

「怎麼了，師父？」

「你才是怎麼了？」百里寒冰微微帶著怒氣，「整天就知道照顧別人，連飯都不好好吃，要是累出病來該怎麼辦？」

「沒這麼嚴重吧。」如瑄笑了一笑，「再說我整天無所事事的，怎麼會覺得累呢？」

「你為什麼把這孩子帶在身邊？」百里寒冰猶豫地問，「他和你到底是什麼關係？」

「我和這孩子投緣。」如瑄在桌下抓住了百里如霜的手，安撫似地用力握緊，「既然師父提起，我正想和你商量這件事情。」

「什麼事？」

「師父你看這孩子資質如何？」

百里寒冰聞言，仔細地看了看那個好像不會說話的孩子。這是百里如霜第一次被自己父親正視，緊張得腳都軟了。

「不錯。」百里寒冰頓了頓，又說：「根骨資質都是極佳。」

如瑄微笑著拉起百里如霜，一起跪在百里寒冰面前。

百里寒冰要伸手扶他，卻被他推開了，不由愕然問道：「如瑄，這是為何？」

「我有一件事想求師父答應。」

「好，我答應你，你快起來吧。」百里寒冰再次伸手，卻又被他擋開。

「我的要求可能會令師父覺得為難，所以還是跪著說吧。」如瑄看著緊緊依偎在自己身側的孩子，「這孩子是我一個故人之子，現在獨自一人在冰霜城裡。我想求師父收他作為義子，要是有師父照應著他，我也不至於無顏去見他母親……」

「義子？」百里寒冰突然想起，前些時候如瑄好像提過類似的要求，臉色有些變了，「如瑄你這是做什麼？我百里家的義子是人人都能當，還是你擔心我無人送終，才一再要我收什麼義子？」

如瑄愣住了，好一會才僵硬地搖了搖頭。百里寒冰一見他驚訝的模樣，立刻懊悔起來。

「如瑄，我沒有別的意思，只是……我只是……」

「師父說的是。」如瑄垂下眼睫，「我自然高攀不上，可這孩子比我更有資格做你的義子，還求師父好好考慮一下。」

「如瑄，你先站起來好嗎？」百里寒冰走到他面前，堅持要把他從地上扶起來，「你站起來，我答應你就是了。」

「如果勉強還是不要了。」如瑄按住他伸過來的手，「那就讓這孩子跟著我，也好過待在冰霜城裡。」

「什麼？」百里寒冰反手抓住他，急急地問，「這話是什麼意思？什麼叫跟著你好過留在冰霜城裡？你不也在城裡嗎？」

「如霜，小心點。」他扶著百里如霜站起來，「謝過城主，我們告退了。」

「慢著。」百里寒冰放軟表情，「如瑄，你這是做什麼？我不是已經答應你了嗎？」

「你真的答應了？」

「我真的答應了。」百里寒冰望著他的眼睛，「但你實話告訴我，你是不是一直打算要離開冰霜城？」

「我並沒有那麼打算。」如瑄輕聲嘆了口氣，「是我不該對師父不敬，我也只是希望師父能夠收如霜作為義子……」

「但我總覺得你想離開，你就這麼不想待在城裡？」

「師父多慮了，我不會離開的，何況……」如瑄移開視線，故作輕鬆，「不是說要成親嗎？沒了新郎可怎麼辦啊。」

「我知道，但就算成了親，你也會住在這裡吧？」百里寒冰有些著急。

「成親以後，不是不太方便嗎？」

「沒什麼不方便的。」百里寒冰臉色一變，態度也強硬起來，「我說了，這裡是你的家，你就該住在這裡。」

如瑄沒有說話，只是又低頭去看那個沉默孤僻的孩子。

「如瑄！」

「我知道了。」如瑄點點頭，「我哪裡也不會去，我會一直留在這裡的。」

百里寒冰得到了想要的答案，心裡卻越發不舒服起來。他不敢去看如瑄，生怕自己會在如瑄臉上看到為難委屈，於是就看了眼那個自己幾乎是被強迫認下的

「義子」。

「他叫什麼名字？」這越看，倒是越覺得眼熟，「我好像是見過，住在這裡也有一段時間了吧？」

那孩子似乎有些怕生，整個人躲到了如瑄身後。

「他叫如霜，今年已經十一歲了。」如瑄解釋，「如霜雖然有些內向，也不能說話，但是個很聰明的孩子，師父一定不會後悔的。」

「我既然答應了，就不會後悔。」一想到如瑄居然為了這個孩子，對自己軟硬兼施還加以脅迫，百里寒冰多少有點生氣，「如霜是嗎？若是冰霜城的霜，那就不用改名字了。找個時間去祠堂向祖先焚香稟告之後，就改姓百里吧。」

「多謝師父。」如瑄拉著百里如霜再次跪到地上，「如霜，給你爹行禮，從今天開始你就是百里如霜，是百里寒冰的兒子了。」

百里如霜呆呆地被他拖著，朝百里寒冰行了個大禮。

「如瑄，你又跪什麼？」百里寒冰一把拉起了一同跪在地上的如瑄，「我是收他作義子，又不是收你，你跟著一起行禮做什麼？」

「我知道。」如瑄主動拉住他的手，「那我能對別人說這件事嗎？」

「什麼事？義子？」看到如瑄點頭，百里寒冰納悶地問：「為什麼不能？」

「也是，這樣的好消息該讓大家都知道的。」他笑著放開百里寒冰，抱起百里如霜，「如霜，我們這就去告訴大家，你爹他認你了。」

百里如霜倒是沒有他這般高興，他先是看了看百里寒冰的表情，才猶猶豫豫地點了點頭。

如瑄忘形地抱著那個孩子跑了出去，百里寒冰那一聲「如瑄」還沒來得及喊出來，就被一個人留在了廳堂之中。他緊鎖著眉頭，心裡那種奇怪的感覺愈加強烈起來。

如瑄抱著百里如霜一路小跑到祠堂。直至點了香，面對著供桌上的牌位，他才意識到自己的失態。

這是百里家的宗祠，他有什麼權力、什麼立場如此堂而皇之地站在這裡？

香灰落在他的手背上，頓時傳來一陣尖銳的炙痛，再去看那些大大小小、層層層疊疊擺放著的牌位，彷彿要從供桌上傾倒，壓在他的身上。他轉身想逃，卻忽然眼前發黑，整個人頓時沒了知覺。

等眼睛能再看到東西，他已經躺倒在地上，而守在他身邊的，是不言不語的百里如霜。躺在沁涼的地上，沒有被撞擊過的感覺，頭枕在了厚實的軟墊上，居然還挺舒服的。他試著動了動，發覺身上沒什麼力氣，索性就躺在那裡，伴著昏暗的長明燈，仰望著高處軒窗外的沉沉暮色。

「在很多年以前，那個時候你還沒出生，我在這裡問過你爹一個問題。」他說話的聲音很輕，在一片靜謐的祠堂裡幽幽地迴盪著，「我問他，人生中最大的痛苦是什麼？當時他回答我『沒有』，我一直以為他是說自己沒有痛苦，可我現在卻覺得，也許這個『沒有』本身，才是他要告訴我的真正答案吧。」

越高的地方，越是什麼都沒有吧？

「別人一看到你爹，都會以為他有多麼溫柔可親，但那全是被他的外表給騙了。不論表面上相處得多麼愉快，其實在他心裡，根本沒有和別人真正親近的念頭。」如瑄淺淺一笑，「他非但性情孤僻，還喜歡鑽牛角尖，常常是認定了什麼就固執到底，根本聽不進別人勸說。他這個人的性格，說穿了一點也不好……」

百里如霜看著他，烏黑的眼睛裡帶著一絲疑惑。

「今天他認你作為義子，把你看在眼裡，至少以後就不會再當你是陌生人了。但這樣的話，他可能一生都不會記起你是他親生的兒子，所以……」他依然是笑著說，「如果你想怨恨，那就怨恨我吧。」

百里如霜還是沒有說話，盯著他看了一會後，便獨自離開了祠堂。

百里寒冰跨進祠堂的時候，看到如瑄一個人躺在地上，對著屋頂也不知在看什麼。他嚇了一跳，急忙快步走了過去。

「這是在做什麼？」他也學著如瑄朝上面望去，卻什麼都沒有看到。

如瑄這時已經用手撐著坐了起來。

「是如瑄放肆了。」他試圖解釋自己之所以這麼做的原因：「我躺在這裡是因為我……」

想了一會，好像沒有什麼合適的理由，能掩飾這怪異的舉動。

「這裡真安靜。」百里寒冰突然在如瑄身邊盤腿坐下。

如瑄立刻想要跳起來，卻被他按住肩頭。

「我總覺得你最近很累，好像時時刻刻都在憂慮著什麼。可剛才走進來的時候，卻看到你一臉輕鬆愜意的模樣。雖然我不知道祠堂為什麼會有這種好處，但只要你喜歡就可以了。」百里寒冰展顏一笑，「不過也不能躺太久，要是著涼了可不行。」

「可這裡是……」

百里寒冰突然想起什麼，起身把墊子都搬了過來，一個接一個地排列起來。

「師父……」如瑄被安置到那些墊子上的時候，腦子裡還是一片空白。

百里寒冰脫下外袍蓋在他身上，解開了他的髮髻，好讓他躺得更舒服一些。

最後在他身邊坐下，用像是哄騙孩子的口氣對他說：「好了，把眼睛閉上吧。」

如瑄仰望著，望著昏暗中如有微光環繞周身的這人，想起了許多許多的往事。

「其實我真的……」

「如瑄，你說什麼？」百里寒冰把視線從軒窗處收了回來。

「不。」如瑄閉上眼睛，嘴角微微勾起，「我只是說，這裡真的好安靜啊。」

「嗯。」百里寒冰點點頭，手指輕撫過他的長髮。

夜色沁涼，月光如水。

門房來報，說安南王爺慕容舒意求見的時候，如瑄有片刻的失神。

來得好快……

雖然信上的確寫了從速，但慕容舒意未免來得太快了一點。如瑄一邊整理衣冠，一邊在心裡想著待會該如何對百里寒冰解釋此事。

施施然到了大廳的時候，果然看到百里寒冰已經坐在主位上，正和慕容舒意奉茶寒暄。看到他走進來，廳裡的目光立刻集中到他的身上，說話聲立刻停了。

「如瑄。」慕容舒意站了起來。

「你來了？」他淡淡地招呼一聲。

「我來了。」慕容舒意朝他笑著。

他的笑容裡帶了狡詐的味道，讓如瑄有些看不明白。

「慕容，你遠道而來……」

「你什麼都不用說，我都明白。」慕容舒意拍了拍他的肩膀，「我已經準備好了。」

明白？他明白什麼？他準備做什麼？

在如瑄愣住的時候，慕容舒意已經走到了百里寒冰面前。

「百里城主。」

「安南王爺。」百里寒冰起身拱手回禮。

「突然前來打擾城主，還請見諒。」慕容舒意笑得有些刻意，「我這次趕來冰霜城，是因為聽說城主要為如瑄張羅親事的緣故。」

「這件事和王爺又有什麼關係了？」自從見到慕容舒意開始，百里寒冰就沒有露出過笑容，此刻也是一臉冷若冰霜。

「當然是大有關係的。」慕容舒意裝模作樣地嘆了口氣，「要是如瑄和別人成了親，我家那個傻妹妹該怎麼辦呢？」

「妹妹？」這次連如瑄都呆住了，搶在百里寒冰之前問了出來：「什麼妹妹？」

「我就知道你會是這種反應。」慕容舒意臉色又是一變，似乎還帶著一絲忿然，「虧我那妹妹日夜思念著你這個負心人，沒想到你居然還沒心沒肺地要和別人締結秦晉之好，如瑄你也實在……」

「等一下。」看慕容舒意越說越起勁，如瑄連忙制止他，「你什麼時候有妹妹了我怎麼不知道？若我不認識她，又怎麼會有負於她？」

「我這妹妹，你非但認識，而且在十多年前就已經相識了。」也不知為什麼，慕容舒意的表情越發古怪，「她這麼多年來對你一片痴心，就連我都覺得她中了你的邪，你居然說不認識她？」

「你說的不會是……」

「除了明珠還會有誰？」慕容舒意重重地嘆息，「我慕容舒意縱橫半生，不論樣貌人品，都自認不輸旁人分毫，沒想到偏在明珠眼裡，卻連你的一根頭髮也比不上。心上人變成妹妹，實在是人生一大慘事啊！」

「可是慕容，明珠怎麼就成了你的妹妹？」

「還不是那個……總之，我算是對明珠死了心，決定要成全你們這對有情人。」慕容舒意恨恨地說，「如瑄啊如瑄，若是換成別人，我絕不會有這種心思來成人之美的。」

慕容舒意話音剛落，忽然「砰」的一聲巨響，把廳上的人都嚇了一跳。

「什麼成人之美？」百里寒冰的聲音森冷得有些異常，「安南王爺真是喜歡說笑。」

「師父？」如瑄愣了一下。

慕容舒意看了看一地的紫檀木屑，偷偷地咋舌，想著那一掌要是拍在自己身上，也不知道會是什麼結果。

「說笑？百里城主這話是什麼意思？」他一臉驚疑地問百里寒冰，「我慕容舒意再怎麼說也是堂堂王爺，怎麼會拿這種事說笑呢？」

「那明珠我也見過，姿色尚可，卻掩不了一身風塵。」百里寒冰站了起來，「而且先不論她的出身，據我所知早在五年前，現今的蘇州府尹司徒朝暉就已經將她收進府中充做歌姬。這件事，相信王爺也是十分清楚的吧。」

「雖是那樣沒錯，但明珠向來賣藝不賣身，司徒朝暉更是絕對沒有碰過她一根手指。」有些受不了百里寒冰散發出來的敵意，慕容舒意往後退了一小步，「本王能夠保證，明珠依然是冰清玉潔。」

「堂堂安南王爺，居然要替一個風塵女子的貞潔作保？倘若說出去，豈不是讓天下人當作笑料？」百里寒冰哼了一聲，「至於那個什麼明珠，既然王爺視如珍寶，不如娶進自家王府，也免得在這裡依依不捨強做大方了。」

「這話是什麼意思？」慕容舒意被他暗帶譏諷的話刺得有些眉目無光，也擰起了臉，「我也深知冰霜城不是等閒門第，特意把明珠認做義妹，此番還親自上門求親，難道百里城主覺得，本王的妹妹配不上你的徒弟嗎？」

「今日就算她成了天上的仙女，對我來說也是一樣。」百里寒冰冷冷一哂，「這門親事，我絕對不會應允的。」

「你——」

「慕容。」如瑄連忙拖住他，「你這麼激動做什麼？」

「什麼？明明是他……」

「師父也是為了我好。」如瑄把他指向百里寒冰的手指拉了回來。

何？」

「好，我不理他。」慕容舒意目光炯炯地盯著他，「那你呢？你的意思又如

如瑄回頭看了百里寒冰一眼，低聲說：「我的確是到了該娶妻的時候，不過明珠她……慕容，這事我們應該好好談談，現在不如先緩緩再說吧。」

「為什麼要緩緩？」

「那你又為什麼非逼著我現在決定？」如瑄瞪了他一眼，「你舟車勞頓，先好好梳洗休息，什麼事也不急在這一時。」

「可是……」

「師父。」如瑄假裝沒看到他不滿的神情，轉身對著百里寒冰行了個禮，「慕容王爺遠來是客，還請師父看在我的面上，不要與王爺爭執了。」

「算了。」百里寒冰神情僵硬地點了點頭，「安南王爺若是來冰霜城作客，我自然歡迎之至。你讓漪明安排的王爺食宿，好好招呼他。至於其他的事情，不提也罷。」勉強說完，他就先行拂袖而去。

「謝謝師父。」看著百里寒冰出了大廳，如瑄總算鬆了口氣。可是轉頭看到

表情陰沉不悅的慕容舒意，他又皺眉問道：「慕容，這到底是怎麼回事？怎麼好端端地就……」

「你才是怎麼回事？不是你讓我……唔唔唔——」慕容舒意喊到一半，就被如瑄捂住了嘴。

「你小聲點好不好？」如瑄望了望門口，「你也曉得我不想他知道這件事，怎麼還一直嚷嚷呢？」

「好了好了。」慕容舒意把他的手拉了下來，「還不是被你那個師父氣的，不過他今天的樣子也真是奇怪，就好像被踩到尾巴的貓一樣。」

「胡說什麼。」如瑄無奈地搖了搖頭，「你不是一個人來吧？那些隨從呢？」

「在城外呢。」慕容舒意半是嘲諷地說，「有你那個天下無敵的師父在，誰敢亂闖冰霜城，又不是不要命了。」

「我會讓人安排他們的住處。」如瑄拉著他往後院走去，「你好好和我說說，你怎麼就把明珠扯到這件事裡來的？」

「為什麼明珠不行？」

「不是明珠不行，是這個辦法根本不行！」

「哪裡不行？」聽他這麼說，慕容舒意一肚子委屈，「不是你寫信說，要我幫你這個忙，用來還你十多年前的救命之恩嗎？」

「我只是要你想個辦法，讓他分心，暫時別想著為我娶妻的事。」如瑄用力地瞪他，「可你怎麼這麼傻，非但找了個人嫁我，還偏偏把明珠牽扯進來？」

「讓他暫時分心？好啊，我當然可以做到。但那總是一時的，之後你又該怎麼辦？」慕容舒意挑起眉，「既然他有了這個念頭，你又說不能開口拒絕，這問題不就遲早都要面對的嗎？」

「遲早的事，遲早再說吧。」他盯著自己的腳尖，「能拖得了一時是一時。」

「這可不像你會說的話。」慕容舒意看著他笑了，「你可是曾經看了一眼傷口，就立刻決定把別人整條腿都鋸下來的人，怎麼現在也學會說什麼『拖一時是一時』了？」

「這是什麼比喻？」如瑄走到椅子旁，背對著慕容舒意，「若是傷口開始潰爛，不鋸掉當然不行，可和我現在的境況是完全不同的。」

「在我看來沒什麼不同。」慕容舒意嘆了口氣，「我一看就知道了，那個百里寒冰絕不是會輕易改變主意的人。你若不想個徹底的解決辦法，遲早不還是要被逼著娶他中意的女子？」

「你不知道……」突然一個念頭在他心裡閃過，「慕容，你老實告訴我，你怎麼想到這個辦法的？」

「我說如瑄公子，你給我這麼大一個難題，叫我倉促之間能想什麼辦法出來？」

如瑄幫他接了下去：「所以，你去找司徒朝暉商量了，對不對？」

慕容舒意點了點頭。

「這個司徒朝暉……」看到慕容舒意疑惑的表情，他硬生生忍下怒意。

「他怎麼了？」慕容舒意追問。

「沒什麼，我想說司徒果然聰明絕頂，居然能想到這麼好的辦法。」如瑄苦笑著回答，「這一招一石二鳥簡直用得出神入化。」

「一石二鳥？」慕容舒意轉了轉眼珠，「可以用在這裡嗎？」

「自然是可以的。」如瑄不想多談，轉而說道：「慕容，這事我還是不能答應，就此罷手吧。」

「那你準備怎麼辦？」

「船到橋頭自然直。」如瑄想了想，「你只要對百里寒冰說是開了個玩笑，其他的我去解釋就可以了。」

「那倒也不錯，說不定這次還來得及喝了你的喜酒再回去。」慕容舒意笑著說，「可能你會和如花美眷洞房定情，然後生兒育女、白頭偕老。到時候，就真是羨煞我這孤家寡人了。」

「慕容，你何苦取笑我，我都已經不知道該怎麼辦了。」如瑄坐倒在椅子上，一臉疲憊，「若是我不娶，就安不了他的心；若是娶了，卻一定會連累那個無辜的女子，左右都不是，你說我該怎麼做呢？」

「要真是這樣，反而簡單了。」

如瑄抬起頭，詫異地看著他。

「我只問你一個問題。」慕容舒意環抱起雙手，「若能選擇，你是寧願他不好過還是讓別人痛苦？」

子夜呉歌

第二章

「這是司徒朝暉讓你問的吧。」如瑄不想在這事上繼續討論下去，「不論怎樣，我都不想為一己之私累及旁人。」

「我知道你是怕明珠對你有情，日後會有糾葛。這一點你不用擔心，我已經和明珠好好談過，她答應只是和你假扮夫妻，不會有其他要求。」慕容舒意拍了拍他的肩膀，「你盡可以放心地娶她過門，至多過上一兩年，等百里寒冰安了心，你們再想辦法脫身離開冰霜城，然後不就又是海闊天空、任你翱翔了？」

「難道你以為事前約定，就不會有任何問題了嗎？」如瑄按住隱隱作痛的額角。「慕容，你不會真把事情想得這麼簡單吧。」

「你先別急著教訓我，我可不是隨便想個辦法搪塞你的。也我是慎重考慮過後，覺得這辦法最是可行，才同意了司徒的意思。」慕容舒意解釋，「明珠那裡雖然猶豫了一段時間，但她最終立了誓，絕不至於臨陣反悔。」

「慕容……」

「你聽我說完好不好？」慕容舒意打斷他，「再者，你以為自己是為明珠好，可有沒有想過這對明珠而言，其實是百利而無一害？」

「這事對我有利不假，可是對她有什麼好處，我倒是真的不知道。」他當然不怎麼相信，但看慕容舒意這種少有的篤定，也就想聽一聽。

「你也知道明珠是因株連獲罪，所以被充做官妓。雖然司徒把她接進府中，但她並未真正脫去妓籍。」慕容舒意一笑，「除此之外，我還許諾事情了結之後，贈她千兩黃金，足以讓她下半生衣食無憂。明珠她是個冰雪聰明的女人，這麼優渥的條件放在面前，自然不會白白錯過。」

「這不是脅迫她嗎？你怎麼可以同意司徒這麼做？」這種威逼利誘的做法，司徒朝暉自然駕輕就熟，但慕容舒意又怎麼會答應？

慕容舒意嗤然一笑，對著他搖頭：「我說如瑄，你說我想得簡單，你又何嘗不是把事情想得太過複雜了呢？」

「什麼意思？」他心裡突然一驚，不由往後退了半步。

「心愛的人對每個人而言都是重要的，對明珠當然也一樣，但她畢竟早已不是深閨裡不識疾苦的千金小姐了。」慕容舒意面容沉靜，模樣是如瑄從未見過的穩重與深沉，「如瑄，明珠經歷過人生的波折起伏，懂得什麼才是自己最需要的東西。那可能是一生中再不會有機會得到的自由，或是能夠讓她遠離痛苦回憶的優渥生活，但絕不會是你那顆不知道在哪裡的心。」

如瑄沉默了一會，然後問：「這樣說的話，那些條件是她主動對你提起的嗎？」

「為自己解決這個難題，也順道幫一幫你的紅顏知己，這樣兩全其美的事情，你又為什麼還在猶豫？」慕容舒意不單是表情變了，言詞更是突然尖銳起來，「別告訴我，你特意把我找來這裡，卻對我的辦法有諸多指責，根本就是因為你不指望我幫你解決問題，只不過想斷了自己最後的退路罷了。」

「慕容舒意，你在說什麼？」他當然惱怒起來，「你以為我是在這裡惺惺作態，故作煩惱來戲弄你嗎？」

「你不是。」慕容舒意整理一下衣袍，四平八穩地在他身邊坐下，「可是你捫心自問，你覺得以我的本事手腕，到底是有幾成把握，能把那隻老虎調離這座山呢？」

如瑄沒有回答，但望著他的表情卻陰晴不定。

「我雖曾以忠義護國之名傳頌天下，但人人皆知，我那時不過是靠著少年蠻力與不知天高地厚的脾氣。」慕容舒意冷笑著看向他，「就算司徒朝暉有巧妙安排，但我衝動彆扭的性子多半會壞事，你要靠我瞞過百里寒冰的眼睛，難道不覺得太過勉強了嗎？」

「我常常感覺，你這個人有時候古怪得沒有任何道理，卻總把那些歸結於你的任意率性……」略微呆愣過後，如瑄苦澀地微笑起來，「現在想想，果然是我太過愚鈍了，才會有這麼多事都沒看清。」

他走到窗邊，對著緊閉的窗戶呆呆地看了好一會。

「你說得對。」他的手放在窗沿許久，彷彿想推開那扇窗戶卻無力做到，「我心裡知道找你幫忙多半於事無補，但那時候如果什麼都不做的話，我又覺得怎麼也不甘心。可當你到了這裡，告訴我真有另一條路可走的時候，我卻不知道為什麼還是不甘心。你不用擔心，也不用刻意提醒我，我想我只是一時糊塗，有點分不清自己是想順著他的心意，還是再也不想看著他自欺欺人……」

慕容舒意暗自嘆了口氣。

「只是最近這段時間，我總覺得……他對我好的時候，我恨不得刺他幾刀；

看不到他的時候，我卻又忍不住想見他。，還有我答應他娶妻的那個時候……」如瑄深深地吸了口氣，吸氣的聲音似乎在發顫，但說話時卻沒有一絲顫抖，「慕容，最近這段時間我常常覺得，他不過是忘記過去逃避事實，真正瘋了的那個人，其實是我才對。」

慕容舒意已經有點不忍心去看他了。

「要不是瘋了，我怎麼會陪著他一起假裝，假裝什麼事情都沒有發生過。」他把額頭抵在窗上，「百里寒冰一直是我的心魔，我逃到哪裡他就在哪裡，怎麼也逃不開……」

慕容舒意開始後悔逼他表明心跡，輕聲地碎念一句：「至少你還能逃……」

「逃不過那我也就不逃了。」如瑄終於推開了那扇窗戶，面對著滿是陽光的庭院，「就像你剛才問的那個問題，我始終是寧願別人痛苦，也看不得他半點難過。所以，我會娶明珠，然後想辦法慢慢化解他的心結。我雖然恨了很久，但終究還是愛他的時間更長……」

慕容舒意再也坐不下去，站起身頭也不回地走了。

「這種事說出來以後，果然輕鬆很多。你對我真是不錯，我現在已經輕鬆多了。」如瑄背對著空無一人的屋子，神情平靜地說，「不過，那些話你別說給別人聽，我只讓你知道。只有你一個人知道，就可以了……」

百里寒冰閉著眼睛坐在劍室中央，如瑄站在門外，不知道該不該進去打擾他。

「你進來吧。」

如瑄依言走了進去，還沒來得及開口，就聽百里寒冰對他說：「如果你來是為了明珠的事情，就什麼都不用說了。」

「我……」如瑄猶豫了好一會，最後還是什麼都沒說，黯然地轉身想要出去。

「站住。」百里寒冰從椅子上站了起來，「難道你真的想要娶她？」

「我想……這件事，還是等過兩天再說吧。」

「不用了。」百里寒冰的聲音又冷又硬，「我現在就可以告訴你，不論過了多久，我都不會同意這門親事的。」

「師父。」如瑄轉過身，神情恭敬卻堅決地說，「我這一生，除了明珠不會再娶別的女子了。」

百里寒冰沒想到他會說得毫無轉圜，神情立刻一僵。

「明珠是我唯一選擇的妻子。」他接著說了下去，「師父要是不願意看著我孤獨終老的話，就答應這門婚事吧。」

「你是在威脅我嗎？」

「我是在同師父商量。」

「好，很好……」百里寒冰心裡怒極，「那個慕容舒意對你說了什麼，能讓你這麼快就改變主意？」

「慕容？」如瑄搖了搖頭，「他沒有和我說什麼，要娶明珠也是我自己的決定。」

「真是這樣？」百里寒冰當然不會相信，「我知道你和慕容舒意交情不錯，但我看他那個人表面衝動狂妄，內在卻是城府頗深。你就那麼信任他，半點也不懷疑他別有用心嗎？」

「我有什麼值得他圖謀的？」

「如瑄，你太容易相信別人了。」百里寒冰越發不悅起來，「我覺得這件事一定另有內情，慕容舒意的用心更是可疑，所以我不會答應的。」

「師父。」如瑄走過來跪倒在他面前。

「你這是做什麼？」百里寒冰望著他，臉色一片鐵青，「你為了娶那個女人，就要跪下求我嗎？」

「是。」

「你——」百里寒冰想要扶他起來，卻又恨極了他那非卿不娶的模樣，「你以為跪了我，我就會改變主意嗎？」

如瑄不說話，只是一徑看著他。百里寒冰任他看了半晌，終究是慢慢心軟，表情也從氣惱變成了無奈。

「你要我答應，那就告訴我理由。你告訴我，你到底為什麼堅持要娶那個明珠？」他重新坐了下來，「我不要聽什麼兩情相悅之類的假話，我知道你心中對她沒有愛慕之情，娶她一定另有原因。」

「師父你記不記得，你上次問過我有沒有所愛之人？」

「記得。」百里寒冰點了點頭，「你說沒有。」

「其實，在離開冰霜城的這些年歲裡，我曾經愛過一個人。」他把頭低了下去，目光望著青石地面，「我自己愛得極苦，也拖累了對方，糾纏了很長的時間，最終還是沒有任何結果。」

「那個人拒絕你了嗎？」

「從頭到尾就只是我自己一廂情願，他雖然知道了也還是若無其事，就算後來我清清楚楚當面告訴他，他也只認為我不過是一時糊塗。」如瑄悵然一笑，「他非但毫不留情地拒絕了我，還說我是年少輕狂，根本不明白自己在做什麼。要是我不及早回頭，之後一定會覺得自己可悲可笑。」

如瑄故作淡然也掩飾不了的遺憾惆悵，讓百里寒冰看了，只覺得心裡陣陣發酸。

「這人怎麼這麼可惡？」他握住如瑄的肩膀，「拒絕你就算了，為什麼要說這樣傷人的話？」

「真的嗎？」如瑄輕輕一顫，呆呆地看著他，「你真這麼覺得？」

「當然了，她不接受就算了，何必這樣羞辱你？」百里寒冰安慰似地撫著他的頭髮，「這樣的人，你不必對她念念不忘，一點也不值得的。」

「其實他那麼做也不是因為厭惡我，而是在為我擔心。因為他不愛我也不可能愛我，所以想讓我恨他，不要在執迷不悟下去……」如瑄澀澀地笑了，「他那樣待我或許有些殘忍，不過他的話也不能說是完全沒有道理。過了這麼多年，我現在想起那些往事，雖然不會感到可笑，也多少為自己感到不值。」

「她讓你這樣傷心，你怎麼還幫她說話？」百里寒冰又是心痛又是生氣，「這個人到底是誰？」

「誰……是誰已經無所謂了，畢竟都已經過去很久了。」如瑄淡淡地說，「如果我還能再見到他的話，我只想對他說：這個世上果然沒有誰值得我為他痛苦一生。他要我明白的這些，我終於能體會了。」

「所以呢？」百里寒冰的手停在他的腦後，彎下身子和他平視，「你要娶明珠，然後證明給那個人看，你不會為了她孤獨終老、痛苦一生，對不對？」

「不對。」如瑄和他四目相對，「我不是想利用明珠證明什麼，只是因為明珠對我的那份心意，就像我對那個人的感情一樣。我和明珠現在也許只是同病相憐，但誰知道今後會不會由憐生愛呢？」

「可那是因為我要你娶妻，你才決定娶她的，不是嗎？」百里寒冰疑惑地問，「況且今後如何，也不是現在能預料的，你怎麼能肯定會對她生愛而不是生厭？」

「也許吧，但我已經不這麼想了。這對我和明珠，甚至對那個拒絕我的人來說，都是一個很好的機會。」如瑄試著說服他，「這世上大半男女在成親之前，連面都沒有見過，還不是有許多相敬如賓的美滿夫妻嗎？何況我一直很欣賞明珠，要是換成別人我可能不是很確定，但明珠的話，我一定會努力……」

「夠了，你不用再說下去了。」他眼裡的懇求，讓百里寒冰覺得心頭刺痛，「我畢竟只是你的師父，不是你的父母，你要娶誰，我也管不著，你真堅持要娶她的話，也不用太顧慮我的意見。」

「不，一定要你親口答應，我才會娶她。」

「要是我一直不答應呢？」

「那我就求到你答應為止。」

百里寒冰突然覺得自己完全處於下風，根本拿他沒什麼辦法。

「你真的下了這麼大的決心？」

如瑄看出他的動搖，急忙用力點頭。百里寒冰站起身，也把他從地上拉了起來。

「好吧，你就去娶她吧。」百里寒冰臉色陰冷，嘴裡卻說：「我雖然還是不贊成你娶她，但你如此堅持，我繼續反對的話不就是棒打鴛鴦了？」

「多謝師父。」

「你不用謝我，要謝你自己的決心。」百里寒冰轉過身去，「你應該猜到了結果，只要你堅持，我總會依著你的。我也是太寵你了，才會任你予取予求到這種地步。」

如瑄看著他的身影，一度想要伸出手，卻還是硬生生忍了下來。走出劍室的時候，他再往裡看了一眼，百里寒冰還是背對著站在那裡。

一直以來都是這樣，百里寒冰留給他的，永遠只是一個美麗而遙不可及的背影。

如瑄正低頭看著手裡紅綢的彩球，嘴角掛著一絲微笑。

不知道是不是那件大紅喜服的關係，如瑄總是有些蒼白臉色看來紅潤許多。如瑄他好像很高興，那個明珠真有這麼好嗎？能娶到她就這麼高興嗎？

「師父？」如瑄抬頭看到他，一臉意外，「你怎麼來了？」

百里寒冰看著如瑄那件鮮紅的喜服，緩緩跨進大門，然後拉著如瑄走到了鏡子前面。

「幫我梳頭。」

「梳頭？」如瑄看到他披散在身後的散亂長髮，這才反應過來。

今天這樣的場合他也不能隨意散髮，而丫鬟們又梳不好他的頭髮，所以他才跑來找自己幫忙的吧。

這時百里寒冰已經把如瑄手裡的彩球放到一邊，塞給他一把梳子，然後拖了椅子徑直在他面前坐下。如瑄拿著梳子，動作自然地掬起他的頭髮，然後從髮根一梳梳到髮尾。梳了幾下之後，他突然驚覺到自己在做什麼，停在那裡許久都沒有動作。

百里寒冰回頭看他，兩人四目相對，都是有些恍惚。外面遠遠傳來鞭炮聲，但屋裡的兩人卻渾然不覺。你看著我，我看著你，兩顆心裡都是些說不出的複雜情緒。

「哎呀！」突然，從門口傳來一聲刺耳的呼喊，「新郎官，你怎麼能做這種事情呢？」

兩人一起回過頭，看著從門外衝進來的喜娘。那喜娘隨著新娘子一路過來，要來要幫新郎整裝。當她看到新郎官這時居然還悠哉地幫旁人梳頭，立刻一臉快要暈過去的樣子。

「怎麼了？」如瑄沒來得及開口，百里寒冰就皺著眉頭問了。

「這……」那喜娘被他目光一望，頓時把重話嚇了回去，嘀嘀咕咕地說了一句：「這可不太好，哪有新郎官幫別人梳頭的，多不吉利啊。」

「胡說什麼，怎麼就不吉利了？」百里寒冰聽得清清楚楚，臉一下子沉了下來。

喜娘打了個冷顫，也不敢再說話了。

「這裡不用妳顧著，妳先出去吧。」如瑄對喜娘說，「我自己會準備好的，時辰到了過來喊我就行。」

喜娘巴不得趕緊離開，在他說完後連忙跑了出去。屋裡一片沉靜，遠遠的喧鬧聲彷彿是從另一個世界傳來的一樣。

如瑄看了看手裡握著的梳子和頭髮，突然笑了一笑。

「如瑄……」

「你別動。」他對百里寒冰說，「馬上就梳好了。」

他俐落地幫百里寒冰挽好髮髻，用簪子固定好後就退了兩步，等著百里寒冰從椅子上站起來。

「成親以後，你還會這樣幫我梳頭嗎？」百里寒冰坐在那裡，一點也沒有要站起來的意思。

「只要你願意，沒什麼不可以的。」

百里寒冰沉默了一會。

「那麼……你會幫她梳頭嗎？」百里寒冰低垂著頭，聲音有點發悶。

「她？」如瑄一會才反應過來，「我的妻子嗎？」

百里寒冰愣了一下，點了點頭。

「如果她希望我那麼做的話，我想我會的。」幫明珠梳頭？應該不會吧。那麼做的話，只會讓事情變得更加複雜，明珠也不會提出那樣的要求才對。

百里寒冰不再說話。

「師父，時辰差不多了。」如瑄走到他面前，輕聲提醒他，「是不是該去招呼客人……」

「如瑄。」百里寒冰始終低著頭，「你會好好待她的，是吧？」

「不是誰曾經說過，千年的緣分才能修成一世夫妻嗎？」拜了天地，就算只是假裝，自己對明珠也有了責任，當然要好好照顧她。「再說明珠她也吃了不少苦，嫁給我更是委屈，我應該盡力對她好的。」

「是嗎？」

「是啊。」他低頭看著手裡的梳子，嘴角帶著笑，「我會和明珠好好過的，你……可以放心了吧？」

「不……」百里寒冰從齒縫裡逼出一聲：「不行。」

如瑄被他嚇了一跳，手裡的梳子掉在地上啪地摔成兩半。

「不娶……」

「什麼？」從地上撿起梳子的如瑄沒聽清他說的話。

「我後悔了。」百里寒冰抬起頭對他說，「如瑄，我們不要娶她了。」

「你在說什麼？」如瑄覺得自己聽錯了。

還有，什麼叫我們不要娶她了？到底是誰要成親啊？

「我始終覺得，她還是配不上你。」在說出來之前，百里寒冰心裡還有幾分猶豫，但說出口之後，他卻發現自己沒有任何後悔的感覺，甚至覺得這些天壓在心上的重量，也在這個瞬間徹底消失。

「關於這個問題，我們不是已經說過……」

「我是答應過，但那完全是因為你堅持，是你說了此生非她不娶的緣故。」

百里寒冰露出笑容，「不然的話，我怎麼可能答應讓你娶她？」

「但你已經答應了，不是嗎？」他看出百里寒冰的認真，開始不安起來。

「我是答應了，但這些天我想來想去還是覺得不妥。」百里寒冰理所當然地說，「所以你還是不要娶她了。」

「怎麼能……」如瑄呆呆地看了他好一會，然後突然問一句：「如果此刻悔婚，我也許一生都娶不到妻子，那麼你準備如何？」

如果他回答沒有關係，娶不到就不娶的話……

「不可能會有那樣的事。」百里寒冰篤定地回答他，「這世上比明珠優秀出色的女子比比皆是，我一定會幫你挑一個比她好上百倍的。所以，趁現在還來得及……」

「夠了。」如瑄臉色發白，生硬地打斷他，「來不及了，賓客們就在外面，連皇帝也專程讓人送了賀禮過來。每個人都知道我今天要娶明珠，現在花轎就快到門口了，怎麼能在這個時候悔婚？」

「那有什麼，讓他們全都回去不就行了？」百里寒冰微笑著說，「要是你不想說就留在這裡，我會去告訴他們的。」

「你真的想清楚了？」如瑄擋在他面前，「要是我們真的那麼做了，會讓冰霜城淪為天下人的笑柄，那樣也沒有關係嗎？」

「這些你不用擔心。」百里寒冰看著他的表情，收斂起笑容，「你只要告訴我，你不想娶那個女人就可以了。」

「馬上就要拜堂成親，你和我說這些做什麼？」他心裡一陣發苦，聲音不知不覺高了起來，「我娶明珠還是娶別的女子，對你來說又有什麼區別？你為什麼就不讓我選擇自己想要的呢？」

等如瑄把話說完，百里寒冰臉色已經變得十分難看。

「我不想再說這些。」如瑄轉過身，有些急促地說，「我還是先出去了。」

百里寒冰低下頭，愣愣地看著地面。如瑄走了幾步便停下來，想了一想，最終又走回百里寒冰面前。

「我知道你擔心我選錯人，但相信我好嗎？」他盡可能溫和輕柔地說，「等我和明珠成親之後，你就會對她有所瞭解，就不會有這些顧慮了。」

「是嗎？」

「是。」如瑄肯定地點頭，「你會知道明珠比你想像中要好上許多，絕對是最合適成為我妻子的人選。」

百里寒冰沒有再說什麼，只是一徑低著頭，不知道是在看著自己的鞋子還是在看投射在鞋面上的影子。

那是，如瑄的影子。

如瑄的眼角眉梢，被那人身上豔麗的嫁衣映得一片鮮紅。鞭炮聲好長時間才停歇下來，大廳裡人頭攢動，大家低聲說笑著，眼看新人們用紅綢繫著彼此，從外面走了進來。

司儀高聲喊一拜天地，他們轉過身，對著屋外蒼天拜了一拜。

司儀又喊二拜——

「慢著。」

這聲音並不響亮，但卻清清楚楚傳進了每個人耳中。大廳裡隨即變得鴉雀無聲，靜得連根針掉在地上都能聽得一清二楚。

這廳裡有許多人，一些是主人家的，其餘大半都是外來的賓客。主人這邊就不用說了，客人們也大多眉開眼笑，就算剩下少數不喜歡說笑的人中，也沒有誰是一臉陰沉又風雨欲來，除了一直坐在主位上的這個人。

不過以這人今日的身分地位，行為舉止與眾不同也屬正常。何況這些年裡，關於他那難以捉摸的乖張性情，更是傳遍大江南北，幾乎無人不知。所以當他臉色難看地出現在大廳，然後獨自坐在那裡，不搭理任何一個和他說話的人，眼睛什麼都看不進去的樣子，哪怕他這般參加自家徒弟的喜筵，也沒有誰敢妄自議論，就連私底下也不敢討論一字半句。

當然了，不說不代表心裡不會猜測，差不多每一個人，都留了些心思在他身上。所以當這句「慢著」響起的時候，大家都極有默契地停了下來，朝他看了過去。

他雖不是這場喜筵的新人，但對這場喜筵來說，也是不可或缺的重要人物。這二拜高堂，拜的應該是他，而站起來喊停的那個，恰恰也正是他。

他是這座冰霜城的主人、天下第一的劍客——百里寒冰。

一對新人呆呆地站在原地，百里寒冰喊完之後就直接走了過去，拉住新郎往通向後院的側門走去。

子夜呉歌

第三章

直到離開大廳很遠，到了院子的池塘邊上，如瑄才意識到百里寒冰都做了些什麼。

「等一等！」如瑄拉住他停了下來。

他站住了，轉過來的臉色也不是很好。

他在生氣？他為什麼生氣？他在生誰的氣？他又為什麼要在這個時候，把自己從大廳裡拉出來？

「怎麼了？出了什麼事？」如瑄不知所措地看著百里寒冰，「你到底是……」

「我說了，我們不娶了。」百里寒冰終於放開他，「至於那個女人，從什麼地方來，就送回什麼地方去好了。」

又來了，他到底想幹什麼？

「你知不知道你自己在做什麼？」如瑄無力地說，「你別鬧了，這可不是開玩笑，這事關我和她的……」

「我不管，總之你不能娶她。」百里寒冰的眼中一片冰冷，「若你是怕別人笑話，那我就殺了這裡的每一個人。只要把知道這件事的人都殺了，就沒有人敢笑你了。」

如瑄心裡一顫，抬起頭來看著他。百里寒冰伸出手，手中微微發力，豔麗的紅綢便寸寸斷裂，從如瑄胸前散落下來。

「我能不能知道，你為什麼要這麼做？」如瑄看著那一地碎紅，茫然地問，「你寧願殺人也不讓我娶她，只是因為她配不上我，覺得我娶她太過委屈嗎？」

「當然。」百里寒冰毫不遲疑地回答。

「難道我有什麼地方弄錯了？」如瑄往後退了幾步，「你不單單只是……不然怎麼會說出這樣的話、做出這樣的事？」

「如瑄。」百里寒冰拉住他的手腕，不讓他再繼續後退。

如瑄想甩開，被他察覺後，反而抓得更緊了。

「我想過了，你在房裡對我說的那些話確實有道理，可是……」百里寒冰微微一笑，「如瑄，娶了那樣的女人，你一定會後悔的。所以我想來想去，這荒唐的親事還是到此為止吧。」

如瑄沒什麼反應，只是呆滯地看著他。

「其實……」見他這樣，百里寒冰的笑容也掛不住了，「你若是今後不想娶妻，那就不要娶了。其實一個人……也沒有那麼糟糕吧？」

不要娶了？一個人也沒有那麼糟糕？百里寒冰為什麼要這麼說？不，不該是這樣的。百里寒冰的心結，不就是對十年前的那些事耿耿於懷？只要他娶了妻子，生活和樂美滿，百里寒冰應該就會慢慢放下那份內疚，不再被自己折磨下去。

雖然在這之前，百里寒冰也不止一次要求他放棄婚事，可那多半是因為內心的掙扎猶豫。也正因為那樣，讓他越發感覺自己的決定是正確的，而百里寒冰最終也是讓了步。但誰來告訴他，今天這出人意料的變化，究竟又是怎麼回事？竟然還說殺盡知情的人……百里寒冰讓他悔婚之意，怎麼會堅決到近乎逼迫的地步？難道說，他的想法完全錯了？其實百里寒冰根本就是——

「你說我不娶也沒關係，這是你的真心話嗎？」他不確定地問。

百里寒冰點了頭。

「那就算我一輩子不娶妻，一輩子無家無後、孤苦伶仃也不要緊嗎？」

「怎麼會孤苦伶仃呢？你不是還有冰霜城？不是還有我嗎？」百里寒冰牽起

他的另一隻手，把兩個人的雙手交握在一起，「只要有我在的一天，就不會讓你無依無靠，冰霜城永遠是你的家。至於無後……那個叫如霜的孩子你不是很喜歡嗎？也讓他認你做義父，跟你的姓氏不就可以了？」

如瑄愣愣地看著他，什麼話都說不出來。

就連半個字，都無法說出口……

大廳的氣氛詭異非常。

在座幾乎每個人的表情都十分不自在，其中也不乏德高望重的長者前輩，可沒有任何人站出來說話，或者試圖打破僵局。

皇城裡派來賀喜的使者本來有所動作，但慕容舒意一個眼神，就讓他乖乖坐在原處。整個大廳裡面，也只有慕容舒意一個人最為隨意自然，他不但端杯喝茶，還一顆一顆地嗑著瓜子，更是把空了的瓜子殼整齊地擺放在桌上。

偌大的廳堂裡辦著喜事，僕人賓客如雲，卻沒有人交談議論發出聲音。只拜了一拜的新娘孤零零地站在原地，新郎官和「高堂」卻不知去向。而據說是新娘兄長的安南王爺，居然悠閒地喝著茶、吃著瓜子，一點也不著急的樣子。

在這樣奇怪的氣氛裡等了好一會，新郎官和百里寒冰才一前一後地走了回來。

慕容舒意放下茶杯，仔仔細細看過兩人的表情神態，之後便長長地嘆了口氣。

百里寒冰似乎想走到中間對眾人說話，但新郎官阻止了他，親自站到大廳中央。

如瑄先是看了看身邊穿著嫁衣的新娘，然後回頭看了看站在自己身後的百里寒冰。

「多謝諸位特意趕來參加今日的喜筵，但實在抱歉，這場喜事恐怕無法再繼續下去了。」他開了口，語氣異常平和，似乎只是在說一件平常不過的事，「此事因由皆是我衛泠風一人之過，與郡主毫無牽連，此後……」

「慢著。」這一次喊停的，是新娘的兄長，安南王爺慕容舒意。

他從椅子上站起身，他身後的親衛隨侍也都跟著站了起來，劍拔弩張的意味讓氣氛驟然緊張。

「衛泠風，你這是什麼意思？」慕容舒意沉下臉問道，「難道你想當堂休妻？」

「我和郡主並未拜完天地，還不算夫妻，怎麼都不能算是休妻的。」如瑄略低下頭，「是我悔婚在先，與郡主並沒有什麼關係。」

「好一個衛泠風，居然敢做出這樣的事來，你是把我置於何地？讓我安南王府顏面何存？」慕容舒意一掌擊在桌上，力道之猛把腕上戴著的一串珍珠都震散了，「今日要是就這麼算了，我就不姓慕容！」

珍珠劈里啪啦滾落一地，慕容舒意身後的那些人也拔出刀劍，紛紛對準了如瑄。

「王爺……」

「是我不讓他娶的。」

「百里城主這話怎麼說？」慕容舒意瞪著突然插話的百里寒冰。

「郡主冰清玉潔，安南王府更是顯赫門第，我們高攀不上。」百里寒冰走了過來，輕描淡寫地說了一句，「你還是把她帶回去，另找一樁門當戶對的好姻緣吧。」

「你……」慕容舒意氣得臉都青了，「百里寒冰，你別這麼得意，你還真以為我怕了你不成？」

「哪裡？王爺少年之時就已威名遠播……」

如瑄一直留意著身邊新娘的反應，看她一直低頭不說話，知道她大概是太過吃驚的緣故。

「明珠，對不起。」他低聲地安慰，「事出突然，委屈妳了。至於慕容答應妳的條件，他一定不會……」

沒等他把話說完，新娘卻突然轉過身，提起裙襬往大廳外跑了出去。

「明珠？」如瑄愣了一下，也跟了上去。新娘裝扮累贅，自然是跑不快的，還沒到門口他就已經追到身後。他伸手搭住新娘的肩膀，想讓人先停下來再說。

腳步停下之後，他正要問「怎麼了」，只見那豔紅的嫁衣之中，突然有寒光一閃。

不是明珠！

紅色蓋頭飄揚，從那之下露出的面容，根本就不是明珠。

等如瑄看清這一點，事情卻早已結束了。

一切發生得太快，等回過神的時候，他只看到上一刻還在和慕容舒意爭執的百里寒冰，不知什麼時候已經擋在自己身前。

「妳武功不錯。」百里寒冰的聲音有些冷凝，連手心也是冷的，「真是可惜了。」

「劍下留人——」慕容舒意急切的喊聲傳了過來，「百里城主，千萬不要殺她。」

「這不用你多說。」百里寒冰緊握住如瑄的手，「不過她膽子也太大了，居然敢當著我的面用劍對準如瑄。」

「我知道我知道。」慕容舒意此刻已經完全沒有方才的氣勢，「等我問出了要問的事情，你再慢慢和她算帳，好不好？」

回頭往慕容舒意那裡看去，如瑄只見地上七橫八豎躺著不少侍衛，而慕容舒意不知為什麼還是一臉得意的樣子。他頓時更加糊塗起來，完全想不通到底是出了什麼事。

「如瑄，讓你受驚了。」慕容舒意笑咪咪地對他說，「我沒辦法事先和你說明，只能瞞著你，你不會怪我吧？」

「這是……」就像大廳裡的其他人一樣，如瑄眼中滿是疑惑，「你能不能告訴我，怎麼會變成這樣的？」

他側身看了一眼被百里寒冰點倒在地、動彈不得的陌生新娘，卻隨即被百里寒冰拉回身後。

「傻如瑄。」慕容舒意揚眉一笑，伸手過來，「就算有人捨得讓你娶別的女子，我也是不願意的，你要知道我對你可是……」

「慕容舒意。」百里寒冰衣袖拂過，擋住了他的手，「大庭廣眾之下，有些話想想你的身分再說。」

兩人對望一眼，最後慕容舒意笑了笑，率先移開目光。

「諸位。」他環顧四周，「諸位特意趕來觀禮，卻遇到了這樣奇怪的事情，想必心中都是疑慮重重。讓諸位遭遇這番變故，實在是本王的罪過，本王先在這裡向各位賠個不是了。」

慕容舒意身分尊貴，他這麼一說又是作揖賠罪的樣子，座上眾人都站了起來，紛紛對他還禮。等喧譁的聲音稍微平歇，他才又開口說話。

「如諸位所見。」他指著地上的那個假新娘說，「此女和百里城主有仇，知道本王此番欲將妹妹嫁進冰霜城，於是便綁了本王的家眷，脅迫本王帶她和她的手下混進冰霜城，準備在婚禮上伺機下手。」

此話一出，四座譁然，就連如瑄也是震驚莫名。

不論為名為仇為利，這世上想殺百里寒冰的人都不在少數，但以百里寒冰的武功，想正面將他擊敗幾乎是痴人說夢。可要暗中下手，如何混進冰霜城就是首要問題。

而這女子非但借著喜筵混進冰霜城，甚至還綁了安南王爺的親眷要脅於他，公然假扮成新娘，想趁著百里寒冰猝不及防之時下手暗算，這聽來實在是太過匪夷所思。

就在這個時候，外面突然傳來了如雷的馬蹄聲，聽來就像千軍萬馬直奔大廳而來。

「諸位不用驚慌，那是我的鐵衣親衛。」慕容舒意及時開口安撫眾人，「之所以如此安排，也是為了防止賓客之中還混有這些人的同伙，還請諸位少安勿躁。」

雖然他這麼說了，但從牆頭屋簷冒出的鐵弓強弩還是令廳裡眾人為之色變。

「這到底是怎麼回事？」如瑄問百里寒冰，「你早就知道嗎？」

百里寒冰搖了搖頭，指向慕容舒意原先坐著的位子。如瑄仔細一看，才發現那張桌子上散亂的瓜子殼排列得像一個簡單的魚形，一顆渾圓珍珠嵌入桌面，正巧是在魚眼的位置上。

如瑄瞬間聯想到慕容舒意一掌擊在桌上，腕間珍珠散落一地的情景。

「魚目混珠？」他略一思索，就想通了其中的聯繫。

「想必他是受人挾持，所以才用這個方法告訴我，此明珠非彼明珠，這場婚事其中有詐。」

「你果然沒有讓我失望，立刻就猜到了我的意思。」慕容舒意走了過來，壓低聲音說：「這裡交給我的屬下，我們換個僻靜的地方說話。」

百里寒冰手指虛彈，解開了那個假新娘的穴道。

她眼皮動了動，然後睜開眼睛。如瑄當然滿心疑問，但看慕容舒意少有的凝重模樣，倒也不好急著追問。

「這位姑娘。」慕容舒意站在她面前，用一看就是假惺惺的笑容問：「妳沒事吧？」

那女子緊閉著嘴，一言不發地掃視著每一個人。

「我說姑娘，到了這個時候，妳也別想著還有第二條路可以走了。若是妳老老實實回答本王的問題，說不定我還會放妳一馬。」慕容舒意皮笑肉不笑的樣子，看上去有幾分陰冷可怕，「蘇州府尹司徒朝暉，他到底在什麼地方？」

那女子目光空洞，不言不動地坐在地上。

「慕容，司徒出了什麼事？」如瑄忍不住問道。

慕容舒意從腰帶間取出一枚白玉指環，如瑄看著，只覺得很是眼熟。

「就在今天清晨，這位姑娘把我引出冰霜城。她對我說，若是我還想留著司徒朝暉的性命，就要幫她演這一齣偷龍轉鳳。」慕容舒意握緊手裡的玉環，「這玉環是我和他第一次見面時送他的，他一直戴在手上。這是我的家傳器物，後來有些後悔輕易送人，好幾次想向他要回來，他卻生了好大的氣，怎麼也不肯還我，還說除非他……」

說到這裡，慕容舒意身形一晃，竟是有些搖搖欲墜。如瑄上前想要扶他，卻被他伸手阻止。

「我沒事。」慕容舒意面容一整，目光凌厲地瞪著那女子，「這位姑娘，本王現在心情非常不好，若妳還是堅持什麼都不說，就別怪本王不知憐香惜玉了。」

「慕容……」

「如瑄，麻煩你和百里城主回避一下。」慕容舒意冷冷說道，「我想與這位姑娘單獨談談。」

「你要做什麼？」如瑄看看他又看看地上的女子，「你不會是……」

「要花費多少時間，要費本王多少唇舌，全看這位姑娘自己了。」慕容舒意繞著那女子走了一圈，輕聲說：「不過可惜了這如花似玉的樣貌，這柔軟可人的身子。」

如瑄還想說些什麼，卻被百里寒冰拉住了手，他轉過臉去，見百里寒冰對他搖了搖頭。

「但是……」

「我們先出去吧。」百里寒冰不由分說拉著他走出門。

「我認識他這麼久，從沒見過他像這次一樣亂了分寸。」如瑄遠遠看著那扇關上的房門，「但願司徒平安無事才好。」

溫熱的感覺從手心傳來，他低頭看著自己和百里寒冰依然交握的雙手，直覺地微微用力，從百里寒冰掌中掙脫出來。

「我先回房了，想必師父也有事要去處理吧。」

百里寒冰望著自己的手掌：「如瑄，今日在婚宴上……」

「我知道師父的心思。」他仰起頭，「師父應該是察覺到不對，為了擾亂對方，所以才會有那樣的舉動。」

「可……」

「這個理由最是恰當。」他回過身來，對著百里寒冰展顏一笑，「若是那樣的話，一切就合情合理了。」

百里寒冰看著他的笑臉，猶豫一會才問：「你怪我嗎？」

「不知道。」如瑄垂下目光，「也不知道為什麼，我對你就是怎麼也恨不起來。」

「如瑄……」

「你說的話，可還算數？」如瑄轉眼又抬起頭，「你說我可以終生不娶，以冰霜城為家，與你長伴朝夕……你方才對我說過的那些話，現在有沒有後悔？」

如瑄看上去有些緊張，他的目光那麼明亮，連向來蒼白的臉頰都染上了生氣。百里寒冰放鬆了一直皺著的眉頭，朝他露出笑容。

微風徐來，帶著香氣的樹葉落在他們的身上。

這麼多年的歲月過往，竟是沒有一絲一毫留在他的身上。在陽光之下微笑的百里寒冰，就好像一尊上天精心雕琢而成的玉像，美麗得……令如瑄的心忍不住一酸。

「我怎麼會反悔呢。」百里寒冰怎知他心裡千折百轉，看到了他嘴角的淺笑，只覺得自己心裡的陰霾也跟著一同消散，「如瑄，我說過了，只要你願意，可以永遠留在這裡。」

是啊，還記得最初的最初，自己心裡的願望也不過就是如此。只要能和這個人相伴一生，只要能留在他身邊長相守候，便已經是成全了長久的心願，還能奢求什麼呢？

即便是這樣，也已經足夠了。

「師父……」如瑄握住他的手臂，整個人往他靠了過來。

這是再見之後，如瑄第一次主動親近他，百里寒冰不免有些意外，卻也高興非常。

但隨著如瑄越靠越近，他卻突然有種想要後退的感覺。如瑄抓得好緊，用力得連手指都發白了。

「你知不知道，這是我一生之中，最為高興的時候。」如瑄靠在他的肩上，髮鬢貼著他的髮鬢，雙手環抱著他，「所以你讓我抱一下，一下就好了。」

百里寒冰覺得自己的指尖也有些微顫，但那是因為如瑄正在微微發抖。

「謝謝師父。」彷彿只過了一瞬，如瑄便放開他，往後退了幾步，滿臉都是歡喜的表情，「我回房去了。」

百里寒冰說不出話，只是胡亂地點了點頭。

「師父。」如瑄走了幾步，又回過頭來問他：「明早我過去幫你梳頭，好嗎？」

「好。」他點點頭。

如瑄的背影消失在花木扶疏之間，百里寒冰看著他走遠，伸手撫上了自己的鬢角。

如瑄走走停停，用了很長的時間才回到自己的小院。伸手推開院門的時候，笑容還是抑制不住地自唇邊滿溢而出。

重新來過吧。

讓一切從頭開始，明天一早……

突然之間，他感覺心口一陣微涼，似乎有什麼冰冷的東西自那裡穿透而出。

他慢慢低頭，看向自己的胸前……

百里寒冰坐在花園偏僻的角落，面前放著已經半空的酒壺和斟滿的酒杯。

他向來不喜歡喝酒，可不知道為什麼，方才突然想喝，所以特意跑去找了一壺桂花釀，獨自跑到這處少有人來的地方，試著喝上幾杯。

金黃的桂花釀，在杯中沉澱出一片優雅美麗的色澤，清冽桂香和淺淡酒香混合一起，是如瑄喜愛的味道。如瑄會端起酒杯放在鼻下輕嗅，會帶著微笑與這種味道廝磨許久之後，才淺淺嘗上一口。

每次看到如瑄喝酒，他都會想到那些悒鬱的詩詞，雖然如瑄喝酒時帶著微笑，但看上去卻像有著無法對人傾訴的莫名憂愁。喝得越多，如瑄的微笑就會越深，憂愁似乎也更多……

想到這裡，百里寒冰手一顫，酒杯從指間滑了出去，擦過桌子摔到地上。酒灑了一些在他身上，酒杯滴溜溜地轉了幾圈才停在他的腳邊。百里寒冰愣了一會才彎下腰，卻在要碰觸到酒杯時停在那裡。

什麼時候，也有什麼東西……曾經在面前撒了一地……

百里寒冰一手扶著石桌，一邊呆呆地看著那只酒杯，專注到有人走近都沒有發覺。

來人在他背後停下腳步，百里寒冰隨即察覺到了。他隔著石桌，用眼角看到一雙紅色的鞋子，認出那是如瑄今天穿著的喜鞋。

「如瑄？」他閉了一下眼睛，聚集一下精神，才站起來轉過身去，「你……」

站在他身後的是如瑄。

如瑄的頭髮有些散亂，臉色比往常蒼白許多，身上穿著的那件紅色喜服……紅色的……

「原來……你在這裡……」如瑄說得有些困難，「我……找了好久……我……」

他還沒說完，整個人突然跪倒下去，要不是及時用手撐了一下，恐怕會整個人摔到地上。

一縷縷紅色液體，從如瑄的衣袖裡流淌出來，順著手腕滑落指間，在他的手指中穿梭而過，融進了泥土中。他抬頭看著百里寒冰，可是視線卻突然變得模糊不堪，他連忙用手揉一下眼睛，卻整個人失去平衡，側著倒在地上。

從看到如瑄的那一刻起，百里寒冰就愣在那裡。如瑄倒下去的時候，他還是站在那裡，一步不動。直到看見如瑄整個人倒在地上，他猛地喘了口氣，才跨出一步，便整個人重重地跪倒在了地上。

子夜呉歌

第四章

慕容舒意坐在那裡，目光裡全是冷漠殘酷，要是有任何一個認得他的人此時看到他，一定不會認出他是以多情瀟脫聞名於世的安南王爺。

「我早年也刑訊過很多重犯，通敵賣國的，造反行刺的，那些人大多是受過訓練的死士，嘴巴都閉得死緊。但像妳這樣用刑到後來，人醒著卻不哼一聲的，我倒是從沒遇到過。」慕容舒意冷笑一聲，「難道人痛到極處，反而沒感覺了？換成是我，就算被整治得再可怕，至少也會哼個幾聲，讓用刑的人知道我是有感覺的，那才不會暴露了身分……」

那女子的臉色終於變了的時候，門外突然傳來一陣騷亂，接著便有人敲門。

「怎麼回事？」慕容舒意不高興地說，「我不是說過不許打擾嗎？」

「王爺，城裡好像出大事了！」門外的人回話，「大夫們都被找來了，似乎有什麼人受了傷。」

「誰受了傷？」

「屬下不知，但人似乎是往百里城主屋中去的。」

「妳在這裡想一想，然後把我想知道的事情說出來。」慕容舒意走到那女子面前，用手指勾起她的下巴，笑著對她說：「要是妳不想說也行，那我們就等著那個疑心病比誰都重的唐有余，看他是怎麼整治妳這個出賣他的叛徒好了。」

在那女子驚詫萬分的目光裡，慕容舒意走了出去。

慕容舒意趕到百里寒冰屋外，卻看到房門緊閉，好幾個大夫模樣的人和白漪明一同守在門前。

「白總管，怎麼了？」看到一向不動如山的白漪明神情不對，他這才相信真是出了大事。

「王爺，我正要差人請你過來。」白漪明朝他行禮，面色凝重地說：「是瑄少爺受了傷，急需施醫救治，我也已經把大夫找來了，可城主他……」

「如瑄受傷？」慕容舒意心一沉，「誰做的？百里寒冰嗎？」

「安南王爺何出此言？」白漪明瞪著他說，「我家城主待瑄少爺如何，王爺也是看在眼裡，怎麼可能是他傷了瑄少爺？」

「白總管這麼激動做什麼？」慕容舒意擺了擺手，「廢話少說，如瑄到底情況如何？」

「其實我也不清楚，城主不許任何人接近如瑄少爺。」白漪明皺著眉說，「他根本誰的話都聽不進去。」

「看來你是吃了不少苦頭。」慕容舒意瞥了一眼他包著厚重白布的手臂，「不過百里寒冰沒有直接割斷你的脖子，看起來還尚存一點理智嘛。」

「王爺不是城裡的人，又是瑄少爺的朋友，城主也許能聽得進您的話。」

「真是會找麻煩的傢伙。」慕容舒意無奈地搖搖頭，「算了，權當是幫如瑄了。」

已近黃昏，屋裡光線昏暗。看到他們兩個人的時候，慕容舒意忍不住長長地嘆了口氣。

如瑄躺在床上，能看到他身上血跡斑駁，似乎不醒人事的模樣。不過倒是沒有繼續流血的跡象，可能是百里寒冰幫他點過穴止血。而百里寒冰坐在床沿，把人緊緊地摟在自己懷裡，表情目光都是一副呆滯的模樣。

因為害怕失去就痛成這樣，在擁有的時候又為什麼不知珍惜？

「你如果只知道抱著他不放，遲早會真的失去他。」慕容舒意一步步朝兩人走了過去，「他再也睜不開眼睛，不會對你笑，也不會對你說話，你希望變成那樣嗎？」

「滾——」百里寒冰從齒縫裡逼出了一個字。

被那洶湧殺氣一激，慕容舒意全身汗毛都豎了起來，頓時不敢再往前一步。

「好，我馬上就走，但我走之前想說最後一句話。」慕容舒意用一種輕佻蔑視的語氣對他說：「百里寒冰，你心裡其實希望他就此死掉的吧？」

百里寒冰轉過臉來，慕容舒意對他上似乎泛著紅光的眼睛，只覺得腳都有些發軟，直想往門外跑。

「不許胡說。」百里寒冰的聲音突然變得輕柔溫和，「小心我殺了你。」

「難道你不覺得，他對你的影響已經太大了嗎？」說了這些話會有什麼後果，其實慕容舒意心裡根本沒底。但他知道，若不下猛藥，怕是驚不醒百里寒冰的，「你百里寒冰是怎樣的人物？堂堂天下第一劍客，怎麼可能會容許自己為了一個男人意亂情迷，何況這個男人還是你自己的徒弟。」

百里寒冰放在如瑄臉上的手指猛地一顫，停在了那裡。

「你當然可以說沒有，但你問問自己，這世上可有像你們這樣古怪的師徒？你對他殷殷切切之情，只願時時刻刻伴隨身旁，那真的只是師徒之情嗎？」

百里寒冰渾身一震，不自覺地鬆開手，看著如瑄滑落下去，卻又立刻伸手接住。

「其實你還是在想，若是他死了，你也許痛得太深就會把他忘了。就算這次他死在你的懷裡，你親眼看著他沒了氣息，你還是可以當你的冰霜城主，你會告訴自己，他只是出了遠門，歸期不定。」慕容舒意嘆了口氣，「不過我倒是能夠理解，要是你不那麼做，只怕他一命嗚呼後你便再也活不下去了。你看，都已經到了這樣的地步，還說什麼師徒之情？百里寒冰，你究竟是在騙誰？」

「不要再說了，你說的這些都不是真的。」百里寒冰彎下腰，貼著如瑄微涼的臉頰，「如瑄他……我對如瑄……我是……」

「是啊，可能我只是在胡言亂語。你對如瑄怎樣？如瑄對你意義如何？這問題我答不了，如瑄也不知道，能回答的只有你自己。」慕容舒意轉身出了門，「只是你要快些想清楚，你有時間，但如瑄卻等不了太久了。」

我對如瑄再好，那也是應該的，別的師徒我不知道，但我和如瑄卻是……如瑄是我的徒弟，我自小看著他長大，他一直在我身邊，我自然會憐他愛他，把他當作自己的珍寶……

珍寶嗎？那應該是……那是因為如瑄是我唯一的……不，還有雨瀾啊。雨瀾也是我的徒弟，我也是自小看著他長大，他在我身邊的時間更久，只是為什麼我從來沒想過，雨瀾也應該是我心裡的珍寶？

雨瀾……

第一次看到雨瀾，我想這孩子是百里家的責任，自然要竭力照顧他，還有雨瀾的身世淒涼，也頗為可憐。

至於第一次看到如瑄，我只覺得這孩子讓人好生心疼，我怎麼都想把他留在身邊，不讓他再受流離之苦，讓他時時開心地歡笑。

我是個偏心的師父，是，我自己也知道。但人人不都是這樣？就算是同胞兄弟，在父母心裡也總有偏愛的一個。何況，我心裡雖然更親近如瑄一些，但對他和對雨瀾應該也沒有太大差別，只除了……

那是因為如瑄生病的模樣把我嚇壞了，而且他也不愛習武，我也只能隨他。反正我會護著他，會不會武功根本沒什麼要緊。雨瀾的話，之所以堅持讓他練武，一是他自幼身體孱弱，二來日後要是遇上什麼狀況，自保之力總該有的。所以就算他習武要比常人辛苦十倍，我還是……

我似乎……太過偏愛如瑄了。

但是，我對雨瀾也是不錯的。

當年雨瀾愛上那個皇帝，說要留在他身邊的時候，一開始我也不答應。不說其他，單單以色侍奉君王，一生困於高牆深宮，根本不是明智之舉。但到了後來，我也讓步了。雨瀾畢竟是我的徒弟，我怎麼可能把他逼上絕路？要是換成如瑄……

要是如瑄……

要是有一日，如瑄也學著雨瀾對我說，他愛上了一個男子，要我成全他，那我會怎麼辦？

我該怎麼辦……

不會的，不會有那樣的事，我不會答應的。

要是真有那麼一天，我會……

百里寒冰突然覺得心裡一陣絞痛，痛得他差點坐不住，只能彎下腰緊緊抱著懷裡的人。

「王爺。」白漪明見慕容舒意沒多久便走了出來，焦急地問他：「到底怎麼樣了？」

慕容舒意把手指擋在嘴邊，做了個噤聲的動作。

眾人只能一籌莫展地在門外等著，直到聽見裡面傳來一聲喊叫。那喊聲似乎用盡力氣，卻彷彿是從心底壓抑而出，低沉而嘶啞，讓人聽了，只覺得心裡陣陣惻然。

「城主！」白漪明認出那是百里寒冰的聲音，就要闖進去，卻被慕容舒意一把抓住。

不久，門被從裡面打開，一身血跡的百里寒冰站在門內。

「城主，你……」

「如瑄讓人從背後刺了一劍，幸好沒有傷及心肺要害。」百里寒冰說這些話的時候字字清晰、條理分明，「我方才已經幫他止了血，你們進去幫他清洗上藥吧。」

「是，你們還不快進去！」白漪明拉著那些大夫衝進房裡。

百里寒冰背對門站著，沒有再跟進去。

「你想明白了？」慕容舒意問他，「你對如瑄……」

「他沒事。」他告訴慕容舒意，「他不會有事的，沒有人可以把他帶走。」

慕容舒意看了他一會，又是嘆了口氣。

「他活著，比什麼都重要。」百里寒冰也望向他，「我知道你是為了把我嚇醒，但不許你對如瑄也那樣滿口胡言，不然的話……」

慕容舒意往後退了一步，示意他不要衝動。

「我自己的事就已經足夠麻煩了，沒有任何精力管你們的閒事。」慕容舒意對他保證，「我絕不會多嘴和如瑄說什麼，不過，你知道是誰刺傷了他嗎？」

「我會知道的。」

「我相信，不過，從打我的主意到刺傷如瑄……百里城主，你有沒有覺得整件事處處透著蹊蹺？」慕容舒意摸著下巴，「還有一件事我怎麼都想不明白，冰霜城雖不能說是龍潭虎穴，但總能算是當今世上最難闖的地方之一，怎麼會突然間好像變成了酒樓菜館，誰都可以任意進出了？」

「這些事我自然會一一徹查清楚。」百里寒冰哼了一聲，「倒是你怎麼還有空在這裡閒話，看起來一點也不著急，難道是已經問出你那『家眷』的下落？」

「我剛才著急，是因為我急著想知道那個可憐的人是誰。」慕容舒意把手攏在袖中，神情悠閒地說，「綁誰不好，偏偏綁了個混世魔王回去，那個人現在一定很不好過吧？」

百里寒冰當然聽不懂：「你不是擔心司徒朝暉？那剛才……」

「這你就不懂了，要是我剛才不裝出被嚇得魂飛魄散的模樣，要是日後司徒朝暉和我計較起來，那我豈不是慘了？」慕容舒意拍了拍胸口給自己壯膽，「還好還好，本王很是聰明伶俐，這才沒有露出馬腳。」

「你和司徒朝暉……」百里寒冰話只說了一半，接著就搖了搖頭，「算了，與我無關。」

「你是要問我和司徒朝暉是什麼關係？嗯……簡單來說，我和他什麼都是，也什麼都不是。」這些話像是在回答百里寒冰，但慕容舒意望著手中玉環說話的時候，更像是在自言自語，「我們把對方看得比什麼都重，但也恨不得彼此從沒有出生在這世上。明明想要擺脫這種孽緣，到頭來還是掙脫不了，好像是註定要和那個人糾纏一生。那種滋味，只有嘗過才會知道其中甘苦。」

百里寒冰目光一暗，若有所思。

「我不過是隨口說說，怎麼惹得城主煩惱起來了？」慕容舒意回頭看到他神情凝重，不由失笑，「其實我早就已經認了命，我和他恐怕今生是無法善終，只能看下輩子再怎麼糾纏了。」

「既然今生有緣相遇，何必盼望虛無縹緲的來世？」

慕容舒意輕笑幾聲，然後對他說：「什麼叫真正的天意弄人，城主你一定是不明白的。」

「我的確不明白。」百里寒冰有些不悅，「你們年齡相當，又無家室，似乎能不顧一切，卻又拘泥於世俗，這算是什麼『天意弄人』呢？」

如此嚴肅的氣氛，如此沉重的話題，慕容舒意卻「噗哧」一聲笑了出來。

「我好像說得不太清楚，讓百里城主你有所誤會了。」慕容舒意一臉想笑又不好意思的表情，最後索性用袖子掩住了嘴，有些怪腔怪調地告訴他：「就像本王方才在廳裡說的，被綁者是本王的家眷。但這『家眷』之名，可不是信口開河，因為我和司徒朝暉，不巧就是同父異母的血親兄弟。」

百里寒冰頓時愣住了。

「我那刁鑽古怪的哥哥，每回都恨不得把我嚇死累死才肯甘休。」慕容舒意握緊了那枚玉環，笑得眼睛都彎了，「也不知道這次他是怎麼想的，居然敢用這個來嚇我。」

百里寒冰目送慕容舒意走遠，本想去劍室安靜地待上一會。

就像慕容舒意方才說的，今天發生的事情處處透著蹊蹺，必然不是巧合。而且他心亂得厲害，要是好好地靜一靜想一想，或許……

可百里寒冰一步都還沒有跨出去，就聽到門後隱約一聲呼痛。他的臉色馬上變了，立刻轉身衝進房裡，哪裡還顧得上心亂蹊蹺什麼的。

百里寒冰急切地衝進房裡，卻在看清房裡的狀況之後轉瞬僵在原地。

黑暗對他而言不是什麼阻礙，可和燈火堂皇相比總是有所區別。就像他知道如瑄傷得很重，也流了不少血，但在這樣明亮的光線中看去，他卻發現床褥間殷紅浸染的程度，遠比自己以為的還要嚴重許多。

「怎麼了？」百里寒冰覺得自己這般鎮定，還能冷靜地問話簡直有些不可思議，「我讓你們進來包紮傷口，怎麼會變成這樣？」

如瑄胸口的傷已經被包紮好了，可那群人不知為什麼還是七手八腳地壓著他，任由一臉慘白的如瑄兀自在床榻上掙扎痛呼。

眾人回頭看了過來，人人皆是神情晦暗，就連白漪明的臉色也難看之極。

「你們怎麼都不說話？」百里寒冰聲音淡定，一如平日裡的模樣。

那些大夫互相交換眼色，竟是沒有人敢開口回話。

「城主。」白漪明走了過來，有些無措地說，「瑄少爺他……他……他是……」

「我知道他傷勢不輕，清洗上藥難免疼痛。不過如瑄很能忍痛，能讓他喊出聲來，一定是痛得無法忍受。」百里寒冰輕聲說罷，還笑了一笑，「你們也真是的，怎麼能讓他痛成這樣呢？」

白漪明往後退了一步，他身後眾人也是齊齊一凜，不約而同地鬆開手。可沒想到失去壓制的如瑄一個翻滾，整個人自榻上栽倒下來。百里寒冰看似沒有盯著，但在如瑄翻滾到床沿之時就飛掠過去，震開圍在榻前的眾人，及時把他撈進懷中。

「如瑄，你痛得很厲害吧？」他扶住如瑄的後頸，讓如瑄把頭靠在自己肩上，「你忍一忍，我這就讓人幫你止痛，馬上就不痛了。」

不甚清醒的如瑄茫然地看著他，張開嘴想要對他說話，卻又轉頭埋到他頸間，接著一陣劇烈咳嗽。百里寒冰看他咳得喘不過氣，把手移到他的背心穴位，想要輸些真氣幫他穩定氣血。

沒想到身旁的白猗明突然一掌向他拍了過來，嘴裡還大聲喊著：「萬萬不可！」

百里寒冰目光一閃，用一隻手抱住如瑄，另一隻手迎了上去。看似輕描淡寫的一掌，就把白猗明打得口吐鮮血，整個人往後飛了出去。

白猗明的武功放到江湖上，也能算是一等一的高手，但和百里寒冰相比卻仍是天差地遠。要不是百里寒冰心覺有異，在最後一刻收回了五成功力，恐怕他連哼都哼不上一聲，立刻就會丟了性命。

「城主……」倒在地上的白猗明顧不了自己的傷勢，掙扎著仰起頭說：「瑄少爺他……他中了劇毒，萬萬不可催動氣血……」

百里寒冰正要追問，隨即感覺到有些溫熱黏膩的液體貼著自己的頸項滑進衣領。他趕緊把如瑄的臉扳了過來，果然看到一縷濃稠豔紅正從如瑄嘴角流淌而出。不過奇怪的是，那鮮血非但沒有絲毫血腥氣味，甚至還隱約散發出一種奇異的淡香。

子夜呉歌

第五章

微風從半開的窗戶吹進來，帶來一股熏然的清香，這麼說，附近一定有荷花開得正盛。他微微睜開眼睛，看著垂落的白色輕紗隨風輕動，猜想一定是它剛才貼在自己的手背上，那種溫柔的感覺真是令人眷戀。

只是他還沒來得及感動，風就已經把什麼都帶走了。雖然他只需一伸手，就能把那觸感溫柔的輕紗抓到手中，但他也很清楚，自己真正想要的，並不是能夠用手抓住的東西。在那些東西被抓進手中的那一刻，自己一定會感到後悔非常。

可即便這樣清楚明白，他卻不能肯定如果再一次感覺到那種溫柔，自己還能不能忍耐著不去抓住。也許一兩次可以，但第三、第四次……

突然間，白色輕紗猛地飄盪過來，貼在他的手上、身上還有臉上。他嘆了口氣，不知道自己應該高興還是應該難過。

「你醒了嗎？」

他聽見有人說話，隔著白紗看過去，看到了他所能想像的、最美麗的人。他輕輕地笑了起來，為了能夠見到這麼美麗的人而感到雀躍。只是下一刻，那種溫柔的感覺再一次離他遠去，可這一次帶走它的不是風，而是那個美麗的人。

他皺起眉頭，小聲地抱怨著，說著「討厭」「走開」那一類拒絕的話。

其實他很希望這個美麗的人能靠近一點，更近一點，一直近到自己可以觸碰到的地方。但他更加明白，就算是在觸手可及的地方，自己也不可能抓得住這個美麗的人。所以他寧願把這個自己一看就不知道有多喜歡的人趕走，也好過只能不遠不近地看著，卻怎麼都抓不到。

他一直在趕人，可那個美麗的人好像聽不太懂，只知道用那雙漆黑的眼睛看著他，看得他不知有多麼難過。怎麼也趕不走，胸口又悶得厲害，他只能停了下來，呆呆地看著。看著看著，他感覺有什麼東西從自己眼睛裡跑了出去，順著眼角飛快地淌進髮中。

「是哪裡痛嗎？很難受嗎？」那個美麗的人突然慌張起來，往後退開一些，「你若是不想見我，我這就走了，你不要哭……」

他發悶的胸口絞痛起來，眼睛不停地有東西跑出去，那似乎是水一樣的東西，很快就打濕了他耳邊的頭髮。

看到那個美麗的人轉過身，彷彿真的走了，他急著想喊「不要走」，卻痛得喘不過氣，嘴裡只能發出斷斷續續的聲音。雖然什麼都抓不到，他還是把手伸了出去，但他沒什麼力氣，抬起的手很快就落了下來。在他以為胸口會因為太過疼痛而裂開的時候，他看到那個美麗的人回頭望向自己。

「不要走。」他還是忍不住說了實話，「我不討厭你……你別走……」

他說完後，那個美麗的人非但沒走，還再次靠近他，溫柔地幫他擦掉從眼睛裡跑出來的東西。

「你要是清醒著，又怎麼會哭成這樣？」那個美麗的人一邊幫他擦眼睛一邊對他說，「別哭了，我不會走的。」

雪白色的衣服，墨黑的頭髮，漆黑的眼睛，世上最好、最溫柔、最美麗的這個人，他伸手去抓，然後抓住了。

「怎麼又哭又笑的？」美麗的人嘆了口氣。

那漆黑的長髮好滑，他的手又沒了力氣，就慢慢地落了下來，一直落到另一個人手裡，然後被緊緊握住，沒有再繼續垂落。

這個美麗的人握著他的手，漆黑的眼睛裡彷彿只有他一個人。

「我好高興。」他聽到自己這麼說，「你讓我親一下好不好？」

「不好。」那個美麗的人表情突然變得冷漠，「你最近一直在發燒，一定是燒糊塗了才會這樣胡言亂語。」

「為什麼……」眼睛裡的東西又跑了出來，模糊了他的視線，「為什麼不好？只是親一下……我這麼喜歡你，你為什麼要說不好？」

「怎麼又哭了？」

「我喜歡你，只是喜歡你啊……」他又開始喘不過氣，「你為什麼這麼小氣，只是親一下都不可以？」

「我去把大夫找來。」美人站了起來，頭也不回地往外走去。

他伸出手，卻連衣角都抓不到。

「你騙我。」他看著自己空蕩蕩的手，很小聲很小聲地說，「你說不會走，原來是騙我的……」

那個就要消失在視線裡的背影驀地僵住，然後很慢很慢地轉過身，那雙冷淡的眼睛和他失望的目光糾纏在一起。似乎經過了漫長的時間，刻意的冷淡終於從那雙漆黑美麗的眼睛裡褪去，被不知如何是好的無奈取代。

「你過來好不好？」他小聲請求著那個人，一臉生怕被拒絕的模樣。

時間又在猶豫之間耗去許久，但白色的身影最終還是回到床頭，回到了他伸手能夠抓住的地方。

「我還是讓那些大夫再幫你看看。」白衣美人看起來有些焦慮，「你受傷之後一直都昏昏沉沉地睡著，偶爾醒來也是神智不清，這樣下去總不是辦法。」

「我不要別人。」他費力地抬起手，抓住了垂落下來的衣袖，「你不要走……」

「我已經找到藥師無思，他的醫術冠絕天下，一定能夠把你治好。」可惜美人彷彿根本沒聽到他在說什麼，自顧自地說著那些無關緊要的話，「最多三四日他就能到了，所以你只要再……你要做什麼？」

他都不知道自己哪裡來的力氣，居然能撐坐起沉重的身體。不過隨即那支撐起他的力量又突然消失，他身子一歪，自然而然地往床鋪外側跌了下去。

可就像預料的那樣，他並沒有真的摔倒，而是被摟進一個充盈著荷花香氣的懷抱裡。他睜開眼睛，發現自己如願以償地被白衣美人抱在懷裡，忍不住恍恍惚惚地笑了一笑。美人似乎為他帶著些許狡黠的笑容而感到困惑，一時有些失神。

美人的嘴唇淺淡削薄，卻與那雙眉鼻梁說不出地相襯，而且，離得好近……

他的心怦然一動，像被什麼強大的力量驅使著，微微地側仰過頭，往那微張的削薄雙唇貼了過去。

好軟，好香……他輕輕地碰了碰，離開之後覺得不甘心，於是又靠過去碰了碰，還是覺得不滿意，於是又繼續湊上前。他親了一次又一次，只是這一次又一次的輕觸，非但沒有消弭他心中的不甘，反而讓他的胸口破了一個大洞，然後一絲一絲的冷風鑽了進去，直到他的胸口一片冰冷。就好像美人那雙漆黑美麗的眼睛，冷冷的，暗暗的。他打了個寒顫，臉色變得一片青白。

「你生氣了……」他喃喃地問，「你生我的氣嗎？你還在生我的氣嗎？」

「你……」那沙啞的聲音帶著一絲顫抖，「你知不知道自己在做什麼？」

「我親了你。」他淺淺地笑了，輕柔卻堅定地回答，「因為我喜歡你，所以才親了你。」

「你喜歡……我……喜歡？這是什麼意思……」

「喜歡。」他想要抬手卻沒能成功，最後把自己的臉依偎過去，與那張美麗的臉靠在一起，肌膚相貼體溫相觸，「我喜歡你，很喜歡很喜歡，我喜歡你啊……」

「不許胡說！」美人抓著他肩膀的手變得好用力，他忍不住輕輕地哼了一聲，才讓那力量收斂許多，但還是抓得好緊，讓他連動一動都做不到。

「可是，我好像要死了……」在清雅的荷花香裡，他微微垂下眼簾，如同囈語，「我不要死，要是我死了，就不能再喜歡你了。死了，你就會把我忘記了。我不要和你分開……不，至少要讓我看到你，至少要讓你看到我……至少……還能看到……」

聲音越來越低，很快地，餘音也再不可聞了。

探過脈息，知道如瑄只是又昏睡過去，百里寒冰才把提起的心放了下來。可他還是忍不住想要證實，證實如瑄說的這些話。證實這些像是胡言亂語、可又聽得人膽戰心驚的話，不過是因為荒唐的夢魇或混亂的神智，而不是……

他扶起貼在自己懷中沉沉睡去的如瑄，小心地搖晃著：「醒一醒，你到底認不認得我？」

「我怎麼會不認得你……你是美人嘛。」如瑄半夢半醒間扯動嘴角，最終還是沒能凝聚成笑容，「是我最喜歡的美人……」

百里寒冰的手霎時一僵，有一種他自己也不明白的酸澀在身體內的某處翻攪著。這最理想、最令人安心的回答，卻讓人有些說不出地……焦躁？

深深地吸了口氣，他把倚在自己懷裡的如瑄平放到床上，然後蓋好被子，拉好被角，撩開他略微潮濕的長髮。這些他從沒為別人做過的事情，為如瑄做起來卻那麼自然順暢，就好像再天經地義不過。是因為自小看著如瑄長大，一直伴隨身邊，不知不覺就習慣了憐他愛他，把他當作自己的珍寶。

是這樣的嗎？真的……只是這樣嗎？

輕淺短促的呼吸，依然微蹙的眉尖，昏睡中也不得舒展的神情，百里寒冰細細地看了又看，用指尖幫他推開愁紋，擦去臉頰上殘留的淚痕，停在那乾裂蒼白的唇上。

男人的嘴唇一點也不柔軟，一點也不甜美，貼上來又乾又澀又灼人，怎麼會教人感覺溫柔纏綿入了骨髓？怎麼會……怎麼會教人……如果真是神智不清，他又是把自己誤當成了什麼人？是怎樣的美人，能讓穩重端方的如瑄忍不住想要肆意輕薄，情深意切到了這般痴狂的地步？他到底知不知道，方才和他唇齒相依的不是他的紅顏知己，更不是什麼綽約美人，而是——

呼吸可聞，百里寒冰猛然驚覺之時，已經靠得太近，鼻尖都快觸到如瑄的臉頰。要退開些，退開……可他是夢到了誰？誰能讓他把眉頭展開？誰能讓他露出這樣的笑容？是誰？是那個美人嗎？在夢裡也還是念念不忘嗎？已經靠得這麼近，和他靠得這麼近的是誰，他怎麼還能夢到別人……怎麼會……

如瑄乾澀蒼白的唇又動了動，溫熱吐息拂過咫尺間不住輕顫的削薄雙唇：「百里……寒冰……」

白漪明遠遠地就看到百里寒冰站在門外。

「城主。」他加快步伐走了過去，「藥已經煎好了，現在是不是……」

百里寒冰的表情讓他把後面的話吞了回去，他第一反應就是瑄少爺情況有變，不自覺地朝門裡張望過去。

可那躺在輕紗帳裡的人，看上去沒有太大變化。

「城主，休息一下吧。」白漪明忍不住勸他，「您這樣不眠不休地守著，實在太耗精神，瑄少爺醒來以後，看到您為了他形容憔悴，一定會捨不得的。」

「捨不得……他對我……」

「瑄少爺對每個人都極好，對待城主更是仔細上心。」白漪明嘆了口氣，苦澀地笑了笑，「我小時候喜愛瑄少爺的溫柔，只要他在城裡就纏著他不放，希望能夠和他更加親近。可是每次只要城主在場，瑄少爺就極少會把目光放在別人身上。就為了這個，我還孩子氣地記恨了您好一陣子。」

「他總望著我嗎？」百里寒冰愣愣地問，「為什麼我不知道？」

「再珍奇稀罕的東西，擁有的時間長了，哪裡還會覺得有什麼特別？」白漪明說完，覺得自己有些不敬，又解釋了幾句：「城主您不也視瑄少爺如手足骨肉，事事第一個想到的，不也是他嗎？想來瑄少爺習慣看著您，您也習慣被他看著，久而久之，習慣成自然，也就不會去刻意記得了。」

百里寒冰聽了，不知想到什麼，表情有些奇怪。

「城主，您是怎麼了？」白漪明看他神情恍惚，不安地問他，「是不是我說錯了什麼？」

「不。」百里寒冰搖了搖頭，「我也許是太久沒睡，所以有些累了。」

「那您回房休息一會，瑄少爺這裡我會看著的。」

「不用了，我守著他就好。不過……」百里寒冰吩咐著，「我回房換件衣服，你讓人在屋裡鋪條毯子，我回頭躺一下就好了。」

「城主，還是……」

「要是不在能看到他的地方，我一定睡不著。」這話脫口而出，百里寒冰有一瞬呆滯，隔了好一會才說，「他現在這樣子，我當然不能放心。」

白漪明點頭應了。百里寒冰回頭往房裡看了一眼，才舉步離開。不過這短短的路程，不管是在看得到還是看不到的地方，他都一路魂不守舍，也不知回頭了多少次。

百里寒冰把手放在虛掩的門上，然後又收了回來，反覆多次之後，門還是沒有推開。直到屋裡的人問了一聲，他才推門走了進去。

「師父。」如瑄靠坐床頭，在燭光下對他頷首微笑。

「你才剛醒，怎麼就坐起來了？」百里寒冰快步走過去，把手裡的藥碗放在床頭，取過一旁的外衣幫他披上。

「我躺太久了，坐起來反而舒服些。」他伸手按在自己胸前的繃帶上，「何況都把萬金難求的碧晶膏當作止血散來用了，還會有好不了的傷口嗎？我已經沒什麼大礙……」

「什麼叫沒什麼大礙？」看到如瑄愕然的表情，百里寒冰意識到自己的失態，連忙舒了口氣，把藥碗遞了過去，「先趁熱把藥喝了再說。」

「好。」如瑄溫順地點了點頭，把碗接了過去，就著碗沿一口口地喝著。

「這藥是不是很苦？」百里寒冰注意到他微微蹙眉，也跟著皺起眉頭。

「我不是小孩子了，怎麼還會怕苦藥？」如瑄抿了抿嘴角，「師父，怎麼我醒過來了，你好似不太開心的樣子？」

「我不開心……會嗎？」片刻之前，看到如瑄睜開眼睛，本來以為是如同之前的半夢半醒，直到聽見他用恭敬而疏遠的聲音稱呼自己。

「當然不會，我只是在和師父說笑。」如瑄把空了的藥碗放回床邊，抬起頭對他說：「可你看起來真的很累，既然我已經沒事，你也能放心回去休息了吧？」

瑄少爺對每個人都極好，對待城主更是仔細上心……想來瑄少爺習慣看著您，您也習慣被他看著，久而久之，習慣成自然……

「師父，你怎麼了？」如瑄注意到他神情有變，於是問他：「是不是有什麼不對？」

如瑄從以前開始，只要看上一眼，就能知道自己的心思。是啊，一直覺得那是他聰明細心，可是，要這樣瞭解另一個人，聰明細心就可以了嗎？還是要長長久久地看在眼中，點點滴滴地記在心裡呢？

那要是，真的對自己有著不一樣的……那麼如瑄，他會怎麼做？他會不會……不，他不會說的，他會永遠藏在心裡，不告訴任何人。就算抑鬱寡歡，就算遠走天涯，就算不再相見，他也永遠不會讓自己為難。

自從醒來之後看到百里寒冰，如瑄就有種說不清楚的奇怪感覺。

短短的大半個時辰，百里寒冰出神發呆的次數多得讓人心生不安，間或望向自己的目光又是複雜難解，如瑄一邊惴惴不安，一邊留神注意著，這時見他閉目甩頭，連忙問他：「你不舒服嗎？是不是太久沒有休息的緣故？」

「我不累，只是想起……」百里寒冰睜開眼睛，卻仍鎖著眉頭，「如瑄，你為什麼不讓我找大夫過來？」

那些越理越亂的事情暫且緩一緩再說，眼下更重要的，是如瑄的身體。

「這裡不是有大夫了嗎？」如瑄笑了起來，「師父，你不會忘記我也是懂醫術的吧。」

「如瑄，我知道你醫術精湛。」百里寒冰沒有笑，表情極為認真，「你說自己沒事，我自然願意信你。可為什麼找來的大夫都告訴我說，你體內有數種劇毒積存，因為時間長久，已經……已經深入到臟腑，他們說……說……」

他說不下去，而如瑄笑容也是一滯，下意識地移開視線。

「如瑄，他們是不是在胡說？」百里寒冰輕輕一笑，「要真是那樣，我可饒不了那些庸醫。」

「不，其實……那個……那是因為我前些年中了毒，後來用以毒攻毒的方法解了，不免有些餘毒殘留下來。」如瑄垂下眼簾，簡單解釋了幾句，「這次受傷失血誘發毒性，看似嚇人，其實沒那麼嚴重。只要休息一段時間，再服些調養的藥物，很快就會好的。」

百里寒冰斂起笑容，盯著他看了一會，才問：「如瑄，真是這樣的嗎？」

「難道師父不信我的醫術？」

「那當然不是，我只是……」百里寒冰動了動嘴角，「我怕你傷勢嚴重，卻又瞞著我不說，只是自己一個人忍著。」

如瑄輕輕一震。

「你果然沒有跟我說實話，對嗎？」那一絲驚顫沒有逃過百里寒冰的眼睛，他坐到床沿，放柔聲音對低著頭的如瑄說：「如瑄，我知道你是怕我擔心，可現在我的心情根本不重要，你的身體才最是重要的。」

「我沒什麼事。」如瑄抬起頭，笑著對他說，「師父，你就不用……」

「你自小就是這樣，什麼事都藏在心裡。」百里寒冰打斷他，伸手幫他把垂落的頭髮夾到耳後，「要換成其他的事情，我也不會勉強你。可這次不同，今天不管怎樣，你也得把實情告訴我。」

如瑄看向他，心裡想著該怎麼解釋才能合情合理，但目光及處，卻驀地一驚。

「師父……」他撫上百里寒冰的鬢角，聲音裡帶著微顫，「你怎麼會有白髮……」

本來沒注意，只覺得他有些憔悴疲累，直到在近處看了，才發現那如雲的髮鬢間，竟然夾雜了幾絲醒目銀白。

「我年近不惑，有些白髮也不奇怪。」百里寒冰毫不在意地說，「我對你說的，你到底明不明白……」

「明明沒有的，怎麼會……怎麼短短時日，就多出這麼些白髮？」如瑄臉色刷白，像是受了驚嚇，「常人說朝夕白頭，是因為憂急如焚、五內失和所致。可你修習的心法長於靜心斂神、克制心緒，調和氣血非尋常人能比，又怎麼會……」

「幾根白髮，又有什麼緊要的？」百里寒冰的聲音不知不覺低沉下來，「如瑄，你不用這樣地顧念著我……」

如瑄根本沒有聽他說話，逕自抓過他的手按在腕間切脈，一邊細細看他面貌眼瞳。

「非但內息不純，連經脈也有損傷，為什麼會這樣？」鬆開手的時候，如瑄的臉色越發難看，「你和人動過手？還是你被暗算了？不然的話，又有誰能傷得了你？」

「你別多想，我沒有和人動手，更沒有遭人暗算，至於內傷……」百里寒冰有些遲疑，「是因為受了驚嚇，所以才會……」

「驚嚇？」如瑄疑惑地重複，不明白那是什麼意思。

百里寒冰頓了頓，還是對他說了實話：「那天我見你倒在面前，以為你傷重不治，一時慌亂引至真氣逆沖。」

如瑄一愣。

「喔，這樣……」他的心突然有些驚慌，不由自主地移開目光，不知道該說什麼好，只能空洞地說了一句：「是嗎？」

「當時我腦子一片空白……」百里寒冰回想起當時的情形，神情有些恍惚起來，「不論我怎麼也喊，你都閉著眼睛不應我，我根本不知道該怎麼辦才好，這麼說或許有些好笑，可我當時真的嚇得魂不附體。」

如瑄低著頭沒答話，沉默了一會。

「那我給你開兩服藥，調理一下……」他突然起身下床，卻因為動作太猛，還沒站直就白著臉坐了回去。

「你做什麼？」百里寒冰去扶他。

如瑄伸手一擋，把百里寒冰的手打到一旁。

子夜呉歌

第六章

清脆的拍擊聲過後，兩人俱是愣在當場。

「你的傷還沒有好，不要隨意行動。」百里寒冰神情自若地彎下腰，一手環住他的肩背，一手抱住他的雙腿，輕巧地把他移回床上。接著又幫他把被子拉過來蓋好，仔細地掖了掖被角。

那張臉上流露出的溫柔愛惜，讓如瑄想起許多年前，自己剛剛來到冰霜城的時候，睡前他總這樣幫自己掖好被角，然後等到自己睡著後才會離開。但不論睡得多熟，每次他離開後自己就會驚醒，呆呆地看著空蕩蕩的房間。

「我……」如瑄心裡慌亂，只是拉住百里寒冰的衣袖，卻又不知道自己想說什麼。

「我明白。」百里寒冰拍了拍他的手背。

如瑄覺得眼眶發酸，連忙抬起另一隻手擋在臉上。百里寒冰看著他畏縮的模樣，更用力地抓住他的手，目光也越發柔和起來。

「如瑄，你別怕，我不會讓你有事的。」他說得又輕又慢，「你什麼都不要擔心，全部交給我就可以了。」

百里寒冰坐在床沿，一直到如瑄慢慢平靜下來。這期間，百里寒冰大多數時候，都是在看自己握著的那隻手。

如瑄的手和他的人一樣，帶著些病弱的蒼白，但手指細長，骨節分明，給人一種穩定有力的感覺。雖然在指尖和掌上有些薄繭，倒也不會粗糙難看。這是一雙很好看、很靈巧，但一看就知道是屬於成年男人的手。沒什麼道理地，這樣看著如瑄的手，百里寒冰突然想起多年前在泰山之巔，謝揚風折劍跳崖，月無涯仰天狂笑的那一幕。

謝揚風是出了名的風流多情，自然不會太重視名聲勝負，要說他會為輸了一次比劍自殺，恐怕沒幾個人會信。偏偏那個狡詐狠毒的月無涯竟然信了，而且不只信了，還毫不猶豫地跟著跳了下去。

哪怕雙方都身為男子，哪怕並不容於世俗，但月無涯的痴狂執著，卻讓人不忍苛責。生死相隨，總是教人扼腕嘆息之餘，又覺盪氣迴腸。

可世間撼動人心的美麗故事，往往都是一種暗藏殘酷的假像。一人安然無恙，一人粉身碎骨，絕谷之下，只留下一縷幽魂。而在那之後的第二年，謝揚風就成了親。據說他的妻子是人間少有的絕色，凡是見過的人無不為之傾倒。謝揚風對這個妻子視如珠玉，非但為她收斂了多情的性子，懼內之名更是傳得世人皆知。

是非曲直，作為外人本無權評斷，但想到月無涯那毅然決然的一跳，難免會生出幾分悵然。謝揚風真是僥倖生還也就算了，若如傳聞所言不過詐死逃情，月無涯地下有靈，又會是怎樣的想法？

付出性命也在所不惜，卻只換來不堪的謊言。哪怕再深再重的感情，也經不起這樣的欺騙。想到這裡，百里寒冰的心無端沉重起來。確定如瑄睡著以後，他才把如瑄遮在臉上的手拿了下來，放到被子裡面。

如瑄臉上不見淚痕，可鬢邊有些微濕，而原本是他握著的手，到了後來，卻反而被更加用力地抓著不放。如瑄像是在害怕著，那秀氣的長眉緊皺，瘦可見骨的手背因為用力，筋絡有些浮起。聽見熟悉的腳步聲從遠到近，百里寒冰頭也不回，朝身後屈指一彈，在人恰巧來到門前的時候，封住了對方的穴道。

過了一會，百里寒冰才非常小心地拉開如瑄的手，輕手輕腳幫他把被子蓋好。站起來又等了片刻，確定沒有把人吵醒，他才腳不沾地地往門外走去。

百里寒冰帶上房門，示意僵直的白漪明不要出聲，然後解開了他身上被封住的穴道。白漪明放輕腳步，一直跟著他走到離房間很遠的地方才敢喘氣。

「什麼事？」百里寒冰看著閉合的房門，輕聲詢問。

「城主。」白漪明跟著壓低聲音，「藥師已經到了，可他堅持在前廳等著。」

「好。」百里寒冰點了點頭，吩咐他說：「如瑄睡著了，你幫我守在這裡，別把他吵醒，我去去就回來。」

白漪明目送他的背影消失，轉頭望向自己身後那扇只是虛掩的房門。

門被關上的瞬間，如瑄就睜開了眼睛。他剛才有些迷迷糊糊，也不是真的睡著，百里寒冰離開以後，他便徹底醒了過來。

他出了會神，然後從被褥中抽出自己的手呆呆看著。這雙手瘦骨嶙峋，實在不怎麼好看，不過上面餘溫卻猶自殘存。從眼角瞥到有身影映在門上，他好像做了什麼錯事一般，連忙把手放了回去，閉上眼睛躺好。

可在那個人推開門，走進房裡的時候，如瑄就分辨出來者不是百里寒冰。不過心裡某種怪異的感覺，讓他沒有立刻睜開眼睛，而是保持閉目沉睡的模樣。

聽著輕盈的腳步聲在床邊停了下來，他能感覺到被人長久專注地凝望著，那種專注讓他心裡的驚詫又多了幾分。

「你醒著嗎？」在一片教人窒息的寂靜裡，那人突然開口說話，「瑄哥哥……」

這聲音明明是如瑄所熟悉的，但那奇怪的語氣，卻和他所熟知的人大相逕庭。閉著眼睛的如瑄暗自一震，隱約有種不祥的預感。

百里寒冰正站在大廳門前，不知為什麼心跳突然亂了一拍，讓他忍不住回頭望去。

「百里城主。」廳裡站著的人轉過身，笑吟吟地對百里寒冰說，「看你的氣色，最近似乎不怎麼順心。」

百里寒冰這才收斂心神，跨進大廳。

廳裡站著的人穿著一件飄逸寬大的衣衫，從身後看去儀態高雅，有種超脫凡俗的味道。但一轉身望過來，竟是雙碧色瑩瑩的眼睛，饒是百里寒冰也為之一愣。

也全因這雙異色眼眸，那殊有仙氣的模樣頓時化作詭怪萬分。

「藥師？」

那人微笑頷首。

「遠道而來，有勞了。」百里寒冰略略點頭。

「百里城主何須如此客氣。」那人神態悠然地走了過來，「你我也能算是故人，這樣見外未免太生分了。」

百里寒冰聞言微愕，那人瞧見了，笑意越發深邃起來。

「故人嗎？那麼說來……」百里寒冰眸光一閃，「你我相識，可是在十年之前？」

「瑄哥哥。」來人坐到床邊，用一種輕柔的力道撫上如瑄的臉頰，以一種怪異的、似乎極力壓抑著情緒的語調和他說話，「你自小就疼我，事事都維護我，那這一回也不會怪我的，對不對？」

如瑄心中隱約有了一種重重迷霧就要散去的感覺。

「你痛不痛？」那人的手覆到他胸前傷處，長長地嘆了口氣，「其實我也不願看你受這麼多苦，但實在是沒有別的辦法了。恨只恨他除了你，別的什麼都不放在心上，所以我也只能對你下手了。」

那人按在他胸口的手突然發力下壓，如瑄痛得悶哼一聲，昏睡也就再裝不下去了。

「瑄哥哥，你真是不乖。」那人見他睜開眼睛，低下頭湊到他跟前，「怎麼可以假裝睡著不理我呢？」

「真沒想到啊。」這時的大廳裡，無思的笑聲剛剛平息下來，笑完以後，他悠哉地坐在一旁的椅子上，「那麼百里城主，我們十年前是怎麼認識的，你可還有印象？」

百里寒冰搖了搖頭。

「果然如此。雖有離憂，卻難忘愁……」無思坐在那裡搖頭晃腦，表情似乎有些困擾，說著教人聽不懂的話。

看這無思的樣子，分明是知道些什麼，可百里寒冰現在哪有心情追問。

「其他的事容以後再說，我找你來是為了救人。」他毫不遲疑地說，「只要你能把他醫好，不論什麼條件，我都可以答應你。」

「不論什麼條件？」無思跳起眉問，「百里城主，這話可不是開玩笑，難不成我說要這冰霜城，你也會雙手奉上嗎？」

「只要你把他醫好。」百里寒冰臉色不變地回答，「不論什麼條件，我都答應。」

「這可是你自己說的。」見他這樣肯定，無思不禁動容，他略一思忖，勾起嘴角，「那就請城主帶路，我們快些去替病人診治吧。」

百里寒冰遠遠瞧見緊閉的房門，猛然停下腳步。

「城主，可是有什麼……」

無思還沒問完，只見百里寒冰整個人飛掠而起，眨眼就到了門前。那扇門在他落地那一瞬間分崩離析，變成數不清的碎片四散飛落。

百里寒冰的武功果然已臻化境，就算是五離血煞陣也未必能攔得住了。無思目光閃動，連忙走了過去。到了門前，再看那些全部同樣大小的碎片，他越發堅定了自己的想法，忍不住喜形於色。

屋內空無一人，連方才進來的百里寒冰都不見蹤影，也不見有打鬥過的痕跡，只不過床鋪略有些凌亂，在被褥和紗帳上，還濺了少許的血漬。無思過去仔細看了看，從懷中取出一個盒子，用長長的指甲從裡面挑了少許粉末，撒到了其中一處血漬上。

看到那些白色粉末在遇血之後，頓時變成幽暗的藍色，無思聚攏眉頭，表情凝重地思考起來。

過了片刻，他轉過身問：「病人應是無力走動，怎麼不見的呢？」

百里寒冰不知何時站在了他的身後，臉上神色一片陰冷。

「我會把他找回來的。」百里寒冰低聲答道。

「一定要盡快，拖不得了。」

百里寒冰動了動嘴唇，最終還是沒問，轉身向外走去。

「等一等。」無思喊住了他，「我有一個問題。」

百里寒冰停了下來。

「不知這病人和城主是什麼關係？」

「他是我的……徒弟……」

「徒弟嗎？」無思撫著下顎，「那他可有血緣親屬？」

「我……」百里寒冰的背影有些僵直，「不知道……」

「那就糟了。」無思嘆了口氣，「不過無論如何，城主你還是先把人找到了再說，希望沒我想的那麼嚴重……」

話音剛落，眼前一花，已是不見百里寒冰的身影。

如瑄稍有意識的時候，覺得自己可能陽壽已盡，正身處於煉獄之中。

宛如在火裡焚燒，全身上下痛得無法形容，偏偏又動彈不得，甚至連開口喊叫都不能做到。生前罪孽深重，死後果然是要下地獄的。他想要笑一笑，可連這點力氣也用不出來。

「不是應該很痛苦嗎？」恍恍惚惚聽見有人在問，「為什麼你看起來也不像有多難受？」

因為早就料到了。料到了會有這樣的結果，誰讓自己對不應該的人，起了不應該的心。

「百里寒冰有這麼好嗎？」

百里……寒冰……

如瑄終於清醒過來的時候，不再感到炙熱，反而是一陣徹骨的寒冷。四周一片森冷幽暗，他只知道自己躺在一個很冷很暗的地方，還隱約能看到上方的厚重岩石。

「醒了嗎？」

隨著這聲音，視野裡明亮了許多。如瑄費了很大的力氣，才把頭轉了過去，看到有人披著厚重的斗篷，正在點燃石壁上掛著的油燈。他也漸漸看清了自己周圍，這顯然是一個人工開鑿的洞穴，還堆疊著整齊的巨大冰塊，這裡是……

「這裡是後山的冰窖。」那個人告訴他，「本來這種季節常有人出入，不過現在估計也沒人會有取冰納涼的閒情了。我們待在這裡，暫時不會被人發現。」

如瑄顫著嘴唇，凍得幾乎說不出話來。那人看他瑟瑟發抖，把他裹進自己的斗篷，摟在了懷裡。借著對方的體溫，如瑄慢慢地止住顫抖，他試著動動手腳，卻被更緊地擁住了。

「漪明。」他不再掙扎，平和地問：「接下來你準備怎麼做？」

白漪明笑了起來，反問他：「我準備怎麼做，你真的不知道？」

「我不知道。」如瑄想搖頭，卻沒有力氣，只能嘆了口氣，「我不知道你打算怎麼辦？就好像我不知道你為什麼要這麼做一樣。」

「但你知道是我做的，不是嗎？」那環在他身側的手收緊了些，過緊的擁抱壓到了他的傷口，痛得他眼前一陣發黑。「為什麼你沒有告訴百里寒冰，刺你一劍的那個人是我？」

「因為我想不出理由，我想不出來……漪明，你為什麼想要殺我？」

「我的武功雖然和百里寒冰相差極遠，可要殺你還是綽綽有餘。」白漪明微微一笑，「如果我真的想殺你，又何必故意偏上幾分？」

如瑄的心往下一沉。

「你放心。」白漪明的笑容越發歡暢起來，「我不會讓你死在我手裡的。」

「我不明白……那麼你的目標又是誰呢？」如瑄閉起眼睛，提醒自己一定要保持冷靜。

「還能有誰？」白漪明的臉湊了過來，在他耳邊呢喃似地說著：「當然是我們那位天下第一的百里城主了。」

如瑄渾身一震，也不知從什麼地方生出的力氣，緊緊抓住了白漪明的衣袖。

「你想知道理由，對不對？」白漪明自然不會在意他微弱的抗拒，輕易地反握住了他的手腕，「我會告訴你理由，我會讓你知道原因，然後你一定能夠明白，我為什麼要這麼做了。」

如瑄還沒來得及再說什麼，就被白漪明用手鉗制住下顎，強迫著轉過頭去。

「那個晚上，你還記得嗎？」和粗魯的動作相反，他說話的語調卻一直很柔和，「就是十年前，他重重傷了你，然後揚長而去的那個晚上。」

那一晚，他怎麼可能會忘記……

「可是你一定不知道，等他回來之後，看到了你的屍體，接著又發生了什麼事。」也許是光線的關係，那張年輕俊秀的臉帶著一種奇異的扭曲，「他以為你死了，卻不願承認是自己害死了你，到後來整個人變得恍恍惚惚。你要是看到了那時候的他……」

「夠了，你別再說了。」如瑄胸口一陣絞痛，氣都喘不上來。

「你別激動，我還什麼都沒有說呢。」白漪明幫他輕撫著胸口，卻沒有停下訴說：「有時候想想，我還真是替我大哥不值。就因為有個對百里家愚忠的爹，就因為城主大人幾句意識不清的瘋話，連辯解的機會都沒有，就被斬下了一隻手。他到底做了什麼樣的錯事，居然要受到這樣殘忍的對待？」

「什麼？」如瑄瞪大了眼睛。

「那晚我大哥莽莽撞撞地打了你一掌，害你吐了許多的血吧？」白漪明輕輕地笑著，「就算誰都明白，你不是因我大哥而死的，可我們的城主大人卻始終對那一掌耿耿於懷。就好像除了他自己，其他人要是傷了你，就是不能饒恕的罪過。」

「那麼，白總管他真的……」如瑄顫抖著嘴唇，怎麼也說不下去。

「我記得很清楚，那天早上，我聽說城裡出了事，匆匆忙忙從書院趕回來，然後就在冰霜城門外，我看到了我爹、我娘還有我的大哥。雪積得很深，他們就跪在門外的雪地裡。」白漪明半閉上眼睛，臉上露出了一種深沉的痛苦，「後來我才知道，百里寒冰要把白家趕出冰霜城，為了求他回心轉意，我爹娘和大哥就在那裡跪了一天一夜。」

「不會的，他怎麼會那麼做呢？」如瑄臉色慘白，「不可能的，雖然名為主僕，但他把你們當作自己的親人一樣，怎麼可能把你們趕出城？」

「百里寒冰這個人有多麼冷酷無情，你不是應該比誰都清楚嗎？」白漪明對著他搖了搖頭，「只是瑄哥哥，都到了這個時候，難道你還不明白嗎？」

「明白……我應該明白什麼呢？」

「對百里寒冰而言，別說是下人僕役，就連他自己的妻兒也不過是必須而非必要的東西。在這世上，他只有對你，只有對『如瑄』是不一樣的。」白漪明強迫著抬起他的臉頰，「聽到我這麼說，你會不會欣喜若狂，覺得為他付出一切都值得了？」

「你胡什麼，那根本就是……」如瑄只覺得自己喉嚨哽塞了一下，急急忙忙移開視線，「無關的話就別說了，白總管他們後來到底怎麼了？」

「你不信嗎？不過這也難怪……」如瑄眼中閃過的那抹黯然，沒有逃過白漪明的眼睛，他嘲諷地勾起嘴角，「你問他們怎麼樣了？那你說要是一個剛斷了手臂的孩子和一個不會武功的弱女子在雪地裡跪上一天一夜，會有什麼樣的結果呢？」

如瑄目光閃動，幾乎想開口叫他別再說下去了。

「我爹受了懲罰，雖然他從來沒有表露過，可這些年以來，他心裡沒有一刻得到安寧。我雖然恨他，可他畢竟生我養我，我也不能對他如何。」白漪明嘆了口氣，「三年前他去世的時候，還囑咐我絕對不可以記恨百里家，想必他是多少有所察覺的，否則那些年我要殺百里寒冰簡直易如反掌，又何必像今天這樣狼狽辛苦？」

「你想殺百里寒冰……」

「他一條命，抵我母親和哥哥兩條命，不是已經便宜他了嗎？」

如瑄一時語塞，無法辯駁。

「瑄哥哥，我就知道你不會的。」白漪明低頭伏在他的肩上，「你不會說百里寒冰的命更加寶貴，更不會說身為他的家奴，不論他怎麼做都是對的。」

「可是……」如瑄背脊發寒，連聲音都有些顫抖，「可是你就不想想你的妻子和孩子……」

「沒有什麼妻子孩子，那不過是刻意做出來給我爹和百里寒冰看的。」白漪明似乎早就料到他會這麼說，「我既然已經決意復仇，又怎麼能被家室所累？」

如瑄用全然陌生的目光望著他，然後勉力把手抬了起來，阻隔在兩人的中間。

「是我的錯。如果當年不是因為我心有不甘，又怎麼會連累你家破人亡。」如瑄長長地嘆了口氣，疲憊地閉上眼睛，「漪明，你真要報仇的話，殺了我也就夠了。」

「我就知道。」白漪明森然冷笑，「不論他做了什麼，哪怕是負盡天下人，你也不會說他半句不是，對不對？」

「對。」如瑄坦然地回答，「除了他，別人我是顧不上了。」

「好，好一個世間少有的痴情人物。」白漪明猛地鬆開手，任由他摔倒在冰冷堅硬的石地上，「可惜遇上百里寒冰，任你再怎樣一往情深，也只能落得今天這樣的下場。」

雖然身下鋪著毛裘，可被他這樣猛地一摔，如瑄還是氣血翻騰了好一陣才緩過來。

「可我還是應該謝謝你的，要不是你死而復生，我又上哪裡去找這樣的天賜良機？」白漪明冷漠地俯視著他，「瑄哥哥，你待我極好，我可是一直都記在心上的。」

「為了能夠報仇，你什麼都不顧了嗎？」如瑄暗暗擦去唇角沁出的血絲，撐起身子望向白漪明。「唐有余的心思路人皆知，你這麼做不是與虎謀皮？」

「唐有余唐有余，真是成事不足，敗事有餘。要不是他自作聰明，想出婚宴刺殺這種蠢辦法，我也找不到這麼好的機會。」白漪明冷冷一哂，隱約帶著得意，「人人都說唐有余是隻老狐狸，可在我眼裡，不過就是個急功近利的傻瓜。蜀中唐家數百年的基業，恐怕是要斷送在他的手裡了。」

「婚宴？」如瑄腦中靈光一閃，「難道說，司徒朝暉不是被唐家綁去，而是被你……」

「唐家縱使有再多毒藥，也不可能抵擋朝廷的千軍萬馬。就算再給唐有余十個膽子，他也不敢和權傾一方的安南王作對。」白漪明淡淡地回答，「不過你也儘管放寬心吧，我雖然擄走司徒朝暉，可沒動過他一根頭髮，甚至讓人一路護送他去了唐家。只要等慕容舒意一到那裡，他自然就不會有事了。」

「這麼說來……」如瑄看他的神情，心裡有了計較，「你願意把這些祕密都告訴我，是不準備讓我活著離開這裡了吧。」

出乎他意料的，白漪明竟緩緩地搖了搖頭：「我說了，我不會動手殺你的。」

這個時候，隱約傳來了沉悶的「空空」聲。

如瑄正盯著白漪明，想從他的表情中窺得一絲端倪，突然聽見這好似扣動門環的聲響，不由得微微一驚。

來人在一片寂靜中由遠及近，白漪明迎著腳步聲走了過去。

「總管。」那人對著白漪明行了個禮，然後輕聲地說了一句：「一切都已安排妥當。」

「好，你去吧。」白漪明點了點頭，「千萬不要疏忽大意。」

雖然那人來去匆匆，但如瑄在驚鴻一瞥之中，看清那人是城中僕役的打扮，甚至覺得面目也依稀相熟，偏偏想不出在什麼地方見過。

等回過神來，發現不知什麼時候，白漪明已經走了回來。

「你一心專注於他，又怎麼留意到其他事情？」白漪明彎下腰，笑吟吟地對他說，「瑄哥哥，冰霜城早已不是當年的冰霜城，更不再是百里寒冰的冰霜城了。」

子夜呉歌

第七章

白猗明說完那句話後，就出手封了他的穴道。

其間如瑄昏昏沉沉，只大致知道自己被放上一輛馬車，一路顛簸急行，也不知道要往什麼地方去。

雖然白猗明點的並非重穴，不久也幫他解開了，可他身上的傷著實不輕，怎麼也經不起這樣辛苦奔波，全是依靠著焦慮擔憂勉強支撐。

但咬牙撐到了第三天，他最終還是支持不住，神智漸漸渙散開來。

那就彷彿是將睡未睡、半夢半醒時的感覺，又像是在水中沉浮漂流，四周空空蕩蕩，毫無著力之處。

記得上次有這樣的感覺，已經是許久之前。那之後又經過了不少歲月，年復一年，他無心再專注醫學，對一切意興闌珊。雖然飲食依舊，起居如常，可就像很多年前他曾對人說過的那樣，不管如瑄還是衛泠風，都不過是在世上行走的一個死人罷了。

但阿珩一定不願意看到他死氣沉沉的模樣，所以他努力與人交談，看書煎藥，品茗賞月，按照阿珩所希望的那樣活著。每當了無生趣之時，他就會想到阿珩，會想阿珩是用了什麼樣的代價，才把自己這條命救回來的。只要那樣想，他便覺得不論怎樣，還是要放寬心胸，盡量活得開心些才好。

可這一回，他卻怎麼也想不起阿珩的臉，偏偏想起了太醫閣裡面西的那扇窗戶。雖然從那裡望出去，只有一道陰鬱森然的宮牆。在很長的一段時間裡，從進太醫閣到離開那裡的八九年間，他閒來無事的時候，就喜歡枯坐在那扇窗前，對著朱紅色的宮牆發呆出神。

這次的昏睡，似乎持續了不少時間。

不過對如瑄而言，這種狀況倒也不算難以忍受，甚至連胸口的傷處也不是那麼痛了。只是口中有股甜膩的氣味盤桓不去，教他覺得不怎麼舒服。他也知道有人在自己的舌下放了什麼東西，雖然那東西含著又腥又澀，但好歹能沖淡口裡的甜味，所以他也沒有太多抗拒。

等那種苦澀的味道有些淡了，就會被換上新的，其間更是一直有人給他灌著難喝的湯水。如此這般不知過了多長時間，他終於漸漸擺脫昏沉，神智也緩慢地恢復過來。

他漸漸分辨出來，相隔不久就有人餵自己喝下的湯水，是用富貴人家都少見的貴重藥物熬製而成。而自己舌下含著的事物，非但有著比山參濃烈數倍的味道，而且還有種奇特的血腥氣。

他想了好一會，終於想到自己舌下含著的，定然是千年血參。

千年血參雖不能活死人肉白骨，但據說只要還有一口氣在，含上兩三根參鬚就能把命救回來。這種稀世靈藥他也只在醫書上看過，從未見過實物，沒想到今日居然有幸含在嘴裡，親自體驗一番藥性。

不過這個給自己用藥的人實在是暴殄天物，千年血參何其珍貴，怎麼能像茴香八角那樣切得如此大塊？稍有見識的大夫，看到有人如此糟蹋千年血參，恐怕都會欲哭無淚吧。

「既然會笑，那便是沒事了吧？」一個熟悉的聲音在他耳邊響起。

他張了張嘴，卻不知該說什麼才好。

「沒想到你傷得這麼重，差點就……」那人繼續說下去，語氣裡帶著一絲安心，「不過總算救過來了。」

「漪明，我昏睡多久了？」他定了定神，輕聲問，「現在是什麼時辰了？」

「已經有七日，這些天可把我累壞了。」白漪明見他言語清楚，神智分明，終於安下心，甚至打趣地對他說：「你沒看到日正當中，現在自然是……」

「午時？」久等不到白漪明說下去，他接了句：「怪不得外面這麼熱鬧，我們這是在城鎮裡嗎？」

他說完之後，好一陣的沉寂。

「你……」

「我的眼睛廢了。」他把方才自口中取出的參塊放在鼻下聞了聞，「漪明，你小時候常常幫我曬藥，那時候我應該教過你，藥物的存放大有講究。就好比這血參性烈燥熱，麒麟木卻是極寒之物，是萬萬不能放在一起的。還好時間應該不久，於藥性影響不大，不過你千萬記得把剩下的分開存放，不然真是可惜了這救命的靈藥。」

「先別說這些，說說你的眼睛。」白漪明語氣分明是不信，「你當時命在旦夕，荒郊野外也找不著大夫，我給你含著血參，就想先保住了你的命再說。可你人好端端地活過來，眼睛怎麼又瞎了？」

「我體內積毒反噬，眼睛最是柔軟易傷，自然抵擋不住毒性。」相比之下，如瑄倒是顯得異常平靜，「要不是你用血參救我，我此刻早就沒了性命，不管怎麼說，還是要謝你的。」

「你不用謝我，要謝的話，謝百里寒冰就夠了。」他表現出的這種平靜，讓白漪明產生誤解，「如果不是他把藏寶室的鑰匙交由我保管，我也沒機會把這千年血參帶出來。」

「是嗎？」如瑄似乎想到了什麼有趣的事情，突然笑了出來，「那就沒什麼好可惜了。」

白漪明一愣，想不明白他剛剛瞎了眼睛，怎麼還能這樣說笑。

「人家都說，一個人能得到多少、能活得多長，在出生之前就已是註定。雖然宿命之說消極頹唐，但只要一想到出生前就註定要遇到他，我卻又覺得命運好生神奇。」如瑄抬起頭來，面朝著感覺中有陽光照來的方向，「我一個人孤獨地過了十年，漫長又寂寞。我之所以躲在皇宮裡，是因為那裡的牆又高又厚，我翻不過也逃不出去……」

他的眼睛看去沒有異常，找不到半點晦暗迷濛，甚至連往昔總沉澱在眼底的抑鬱憂傷也不見蹤影。

「可最終你不是見到他了嗎？」白猗明仔細地端詳著他，總覺得他有些異常，卻又說不出哪裡奇怪。

「其實早在三年之前，我就已經見過他了。」如瑄把臉轉了過來，那雙應該瞎了卻又絲毫不見盲態的眼睛，看得白猗明心中一凜。

「三年前？」白猗明立刻回想起來，「是他闖進皇宮，把顧雨瀾救回來的那一次嗎？」

「那天晚上只有我一個人當值。半夜裡聽到外面吵鬧，我就打開了窗戶。就是那扇窗戶……你說湊不湊巧？」如瑄臉上的表情變得有些恍惚，「我看到他站在牆上，一點也沒有改變，就好像我常常夢到的那樣。」

「當時你一眼就認出了他，可他卻沒有把你認出來。」

「我和他多年未見，而且在那之前我又大病了一場。」如瑄說到這裡停了下來，不自覺地把手放在頸邊，「他要能認出來，那才奇怪。」

「既然你早就在宮裡見過他，又為什麼……」白漪明欲言又止。

「你想知道我為什麼在被他撞見後，還能安心留在宮裡當太醫，卻在被顧雨瀾認出來以後，立刻就要出宮躲避？」如瑄似乎猜到了他的疑惑，輕聲地嘆了口氣，「你要問我，我也說不清。就好像愛恨糾纏，欲斷難斷，相遇時恨不得從不相識，分別時卻總希望守在身邊。」

「所以你不會找他，也不刻意避開他，只看天意如何安排？」

「天意最愛弄人，只會教人錯過。」如瑄卻搖了搖頭，「那個時候用針或是其他藥物，效果未必會比『千花』差上多少，可我卻偏偏給了顧雨瀾『千花』……那藥的香味特別，很容易能夠辨別出來，所以，我應該是故意的吧。」

「故意的？」白漪明驚訝地問，「要真想回到他身邊，你又何必多此一舉？」

「我那時自然有我的原因，不過現在想起來，好像有些意氣用事。」如瑄輕輕一笑，「好了漪明，你也該告訴我，你究竟為什麼寧可冒極大的風險，也要把我從冰霜城裡帶出來了吧？」

「你在百里寒冰身邊多年，有沒有聽他談到過一種叫『離憂訣』的內功心法？」

如瑄搖頭。

「那是百里寒冰在機緣巧合之中所得。」白漪明長長地嘆息一聲，「說到武學上的天賦與成就，我從沒有見過比他更加卓越優秀的人。」

「內功心法在吐納呼吸、行功運氣的方式上大有不同。他自幼練習冰霜城的家傳心法，那麼做不但要耗費時間從頭練起，而且一旦和原有內力衝突，輕則武功盡廢，重則性命不保，實在得不償失。」如瑄擰起眉頭，「不過按他的個性，如果那心法真有獨到之處，恐怕……」

「恐怕他當年就是不想讓你擔心，所以才沒有對你提起。」白漪明接著他的話說了下去，「傳說練成離憂訣的人，能夠控制呼吸血脈，斷絕飲水食糧，甚至能像傳說中的仙人一樣，活過百歲而容貌不改。」

「無稽之談。是人就需飲食呼吸，就會生老病死。」如瑄笑了起來，「再說，不吃不喝不老不死，那和一塊石頭有什麼區別？若真變成那樣，活著還有什麼意思？」

「那些傳說多半言過其實，可是離憂訣晦澀難解，倒是半點不假。」白猗明也跟著笑了，「也許就是那些歷來學而不成的人，拚命編造出種種好處來掩飾自己的失敗，最後硬是把武功絕學說成了求仙修道的天書。」

「等等，你剛剛說，控制呼吸血脈……」如瑄腦海靈光一現，突然之間恍然大悟，這些年裡一直想不明白的事情，頓時變得簡單清楚起來，「怪不得……」

原來根本就沒有什麼「此情可待」，百里寒冰只是用內功改變了氣血脈象，使自己以為他武功全失、身中劇毒。

這些年只要想到百里寒冰為了瞞過自己，居然寧願相信心思詭異的藥師，喝下那種後果不明的藥物，他就會覺得很不是滋味。結果直到今天才明白，原來當年無思言之鑿鑿，卻是在信口胡說。

再一想，無思說的「此情可待」分明是嘲弄戲謔，卻偏偏又一語成讖。

「怪不得什麼？」

「不過是無關緊要的小事。」他只能回以苦笑，「你繼續說吧。」

「百里寒冰從十五年前開始修習離憂訣，開始那幾年雖然略有小成，卻始終不能有所突破。按他自己的說法，他原有的武學造詣對修習離憂訣大有幫助，卻同樣也是最大的阻礙。但是到了第六年……」白漪明忽然湊近過來，壓低聲音對他說：「那年在他身上發生了一件大事，那件事之後他慢慢神智不清，開始胡言亂語，但武功卻突飛猛進，有如神助。你知不知道，那是因為什麼？」

「那個時候我已經『死了』，又怎麼會知道？」如瑄感覺到他的靠近，不自在地側過臉。

「就是在你『死』後不久，他在泰山和謝揚風決戰。他那時整日失魂落魄，我以為他一定會輸，甚至可能會死在謝揚風的劍下，卻沒想到……從那個時候我就知道，哪怕自己再苦練五十年，也不會有和他一戰的資格。」白漪明的聲音越來越低，「這十年裡，我日日和仇人相對，小心仔細地服侍著他，每天晚上都夢到自己枉死的哥哥和母親。我知道你這十年過得艱難，可是有誰想過我這十年是怎麼過的？」

如瑄自小看著白漪明長大，此刻聽他言語之中滿是淒厲孤苦，始終心有不忍，不自覺想要伸手拉住他加以安慰。但轉念又想，他不知要用什麼殘酷的方法報復百里寒冰，才剛抬起的手又收了回來。

「你和我一樣活得像行屍走肉，不過你是為了情，我卻是為了仇。」白漪明看著他那隻抬起又放下的手，輕輕地勾了勾嘴角，「可在我們的心裡，又有誰真正願意像死人一樣活著？我們留在這個世上，不過是等待著一個重新活過來的希望。」

「希望永遠都只是希望。」如瑄合上了眼睛，「對我來說，那個希望太過奢侈了。」

「我不知設計了多少圈套，策劃了多少刺殺，下了多少劇毒，但一到百里寒冰面前，都成了不值一提的笑話。他甚至當著我的面喝下見血封喉的毒藥，卻像喝了一杯普通的茶水。這些還算不了什麼，最可怕的，是他把百里家的祖宗基業、冰霜城的榮辱存亡、繼承香火的兒子和救命恩人的血脈，這些一直都很重視的東西，一夜之間全都拋到了九霄雲外。」白漪明從椅子上站了起來，走到窗邊俯看著大街上人來人往的熱鬧景象，「人說無欲則剛，當一個人什麼也不在乎的時候，也就沒有弱點了。我這些年來雖然從未死心，但也一直感覺成功的希望實在渺茫。直到你突然『死而復生』，回到了冰霜城。」

「百里寒冰對我……」

「你明明知道他對你其實有情，又為什麼要學他掩耳盜鈴呢？」白漪明打斷了他，「我不明白，承認兩情相悅對你們來說就那麼難嗎？」

如瑄沒有立刻回答，而是摸了摸自己身上尚且整齊的衣服，摸索著抓住床欄，慢慢想要從床上起身。白漪明也不去攙扶，只是冷眼看著他笨拙緩慢的動作。

「『兩情相悅』只是四個字而已，說出來當然一點也不困難。」如瑄站在床邊，面對著白漪明的方向輕聲說道，「可時間早就已經錯過了，若是早上十年……你要知道，一個人在年輕的時候總是會更加勇敢，可一旦到了我這樣的年紀，就會有太多顧慮，自然也就沒有了那種勇氣。」

白漪明慢慢地走了過去，拿起一件斗篷披到他的身上。

「這本來就與我無關，我只覺得你們是我所見過的人中，最最可笑的兩個。」

看著他那張幾乎脫形的臉，白漪明不無惋惜地搖了搖頭。

「如人飲水，冷暖自知。」如瑄原本就很單薄，又經過這幾天的傷病折磨，瘦得只剩一副骨架，加上雙眼全盲，目光多少有些空洞，看上去著實嚇人。

「情深如此，也算得上是種病症了。」白漪明嘆了口氣，幫他拉攏斗篷。

「我和他之間的事，不勞旁人費心。」如瑄推開他要為自己整理頭髮的手，「你一直在這話題上兜兜轉轉，必然是有原因的，不如開門見山地說吧。」

「好。」白漪明這次答應得爽快，「也差不多正是時候。」

如瑄露出了洗耳恭聽的表情。

「目前，有兩個選擇。一是我現在就殺了你，等你變成一具教人看著就會心疼的屍體，再送回他的身邊。」白漪明像是生怕他會聽不清楚，把話說得很慢也很仔細，「要是你真的選擇了這條路，我雖然心裡不願，可也不會手軟。不過你儘管放心，不論怎樣我都會非常小心，不會讓你有太多痛苦。」

如瑄仔細聽著，卻是面色不變，連眉毛都沒有動一下，隨即就問：「那麼說，第二個選擇，是你真正希望我選的那一個？」

「至於另一個選擇，自然不會這麼殘忍。」被說破了企圖，白猗明也沒有絲毫窘迫，「只要你答應我，從此以後隱姓埋名，讓自己從這世上消失，餘下的一切，就讓我來安排。」

如瑄皺起眉頭：「如果你想要利用我來報復他，直接殺了我不是更加簡單省事？」

「我最初的確有過這個打算。」白猗明扶著他在椅子上坐了下來，「殺了你，當然能令他痛不欲生，可是在十年之前，已經發生過同樣的事情了，不是嗎？如果把你的屍體給他看，他說不定會像十年前那樣，一轉眼就忘了吧。」

如瑄臉上掠過一絲痛色，白猗明看著，笑容裡帶上了嘲諷。

這些話，正觸動了如瑄深藏的心結。

他苦戀百里寒冰多年，直至今日也是繾綣不斷，也許至死都難以忘情。只是午夜夢回，當夢見早逝的雙親兄嫂對自己苦心勸責；或者是夢到身處幽暗森然的百里家宗祠之中，聽百里寒冰反反覆覆說著那句「不是所有情感都能得到回報，也不是人人都會像你一樣愛上其他男子」；又或者難以入睡，獨自枯守著淒清長夜，在那些或羞愧或痛苦或孤獨的時刻，只有在想到百里寒冰也許會想念自己，也許會為當日的欺瞞痛苦懊惱，也許終有一天能夠瞭解自己的用心……只有想到這些的時候，他心中的後悔才能淡上一些。

結果百里寒冰卻什麼都不記得了，那些傷心難過後悔終究只是空想。

「他此刻正在找你，不找到你，他是不會甘休的。」白漪明說出了他的計畫，「我會不停地給他希望，讓他不斷在這世上尋找，卻怎麼也找不到你，那樣的話，他就不會再把你忘記了吧。」

永遠不忘……他當年捨生忘死，為的也不過就是百里寒冰能夠對他「永遠不忘」。雖說下定決心不再糾纏於過去，希望能夠重新開始，可是……

「其實我現在又瞎又病，對你來說是個很大的累贅。」如瑄定了定神，「與其帶著我這個累贅躲避他的追蹤，讓我真正在這個世上消失，不是更加簡單省事嗎？」

「你這是勸我殺了你，然後再毀屍滅跡嗎？」白漪明蹲下了身子，「我要是想那麼做的話，又何必費這麼大力氣把你的命救回來？」

「我的確不明白。」

「我不會殺你的。」白漪明用力握住他的手臂，「我從來沒有想過要殺你。」

「是嗎？」如瑄被他抓得疼痛，卻也沒有掙扎，只是淡淡地說，「我還以為你除了報仇，其他已經什麼都不在乎了。」

白漪明慢慢鬆開手。

「我不會殺你。」他咬了咬牙，忿恨地說，「可我也不會讓你回到他身邊，我要讓他找你一輩子，想你一輩子，卻一輩子都見不到你。」

「好啊。」如瑄點了點頭，「就這麼做吧。」

白漪明的表情明顯一僵。

如瑄會答應早在他的預料之中，可他沒想到，如瑄居然答應得這麼平靜，彷佛只是答應了一件無關痛癢的小事。

「你……」白漪明張口欲問，但還是忍了下來。

如瑄垂頭坐著，有些乾枯微黃的長髮披散在肩頭，連在陽光下都映不出絲毫光澤。白漪明愣愣地看了一會，伸手從懷裡取出一樣事物，拉起他的手放了進去。

「你休息一下，我去安排一些事情。」白漪明急匆匆地朝外間走去，卻在門口停下腳步，有些猶豫地加了一句：「那是……你一直抓著不放，所以我就一同帶出來了。」

「多謝。」如瑄抿了抿唇，「留個紀念也好。」

白漪明胡亂點頭，才想起他看不見，訕訕地說：「那就好。」

「漪明。」

白漪明正打開門準備走出去，聞聲停了下來。

「對不起……」

「你有什麼對不起我的？」白漪明冷冷一笑，「如果你是代他說的，那就不必了。」

「不，我不是代他說的。」如瑄始終沒有抬頭，「漪明，如果……我是說如果……」

「沒有如果，其實你答不答應都一樣。」白漪明斷然地告訴他，「不論你答應或者不答應，百里寒冰都再也見不到你，你也再見不到他了。」

說完，他也不等如瑄回答，便徑直走了出去。

耳中聽他腳步漸遠，如瑄無奈地嘆了口氣，喃喃自語地說了一句：「這孩子怎麼和小時候一樣，都不聽人把話說完。」

自己剛才並非想要反悔，而是想問……他輕撫著手中裂紋遍布的蝴蝶玉飾，在腦海中勾勒出那人將這本已是碎片的玉飾，重新又小心翼翼鑲嵌完整的景象。

「不要心軟，如瑄，你不可以心軟。」他收攏掌心，將手和金玉鑲嵌的蝴蝶一同貼在胸口。

失明之後，如瑄的耳力比以前好上許多，所以在白漪明去而復返的時候，他從那沉重許多的腳步聲中，察覺到白漪明心中有事。

他皺了皺眉，把手中的玉蝴蝶放進懷裡，等著白漪明推門進來。

「出什麼事了？」他搶先問道。

「倒也不是什麼大事。」話是這麼說，但白漪明似乎很不愉快，「我算漏了一點，忘了還有一個顧雨瀾。」

「顧雨瀾?」

「主要是我想不到，百里寒冰會向朝廷借力。」白渏明冷笑，「沒想到他絲毫不惜聲名，寧願為江湖中人不齒，和朝廷勾結在一起。」

「那現在怎麼辦?」沒想到如瑄聽了，既不欣喜也不慌亂，反正鎮定地問他：「天下人都是朝廷耳目，我又傷病在身，你帶著我恐怕很難隱匿行蹤。」

「這你不用擔心，我早就設想了各種情況，雖然現在路途艱難了一些，可也困不住我的。」白渏明走到他面前，幫他拉攏寬大的斗篷，「只是需要你好好配合，若途中遇到盤查詰問，也請千萬不要作聲，免得我動手傷人。」

「立刻就要動身上路嗎?」

「此地不宜久留。」白渏明用斗篷上的帽子遮住了他的面目，把他整個人抱了起來，「挨戶搜查倒也不算什麼，只是那些大內暗探無孔不入，我們隨時可能暴露行蹤，最好快些啟程。」

子夜吳歌

第八章

雖然嘴上說得悠閒，但白漪明抱起如瑄之後，卻腳下不停地出了房門，步履之間帶著急促。等下了樓，他為了不惹人注意，也是盡量靠著牆壁行走。

恰巧大廳裡似乎有人爭執吵鬧，正是一片人聲鼎沸。

「什麼？連金絲碧玉羹都不會做，還好意思說是本地最好的大廚？」那清亮的聲音猶帶稚氣，說話的腔調卻是老氣橫秋，而且一聽就是在刻意刁難，「這種上不了檯面的菜也敢端出來，是欺負少爺我沒有銀子嗎？」

眾人突然一陣驚呼，白漪明也忍不住朝那裡看了一眼，剛好那人也正轉過頭來，和他四目相對。

初一看只覺少年俊秀，尤其那雙眼睛清澈漂亮，但對上目光之後，那少年對著他笑了一笑，眼波之中光芒流轉，竟教人生出錯覺，覺得眼前並非是不及弱冠的半大少年，而是久經風月的風流浪子。

也不知是誰家的孩子，竟然生了雙這麼勾人的眼睛，若是再大上幾歲……白漪明正在心裡搖頭，卻冷不防對上了另一雙眼睛。

這雙眼睛倒也黑白分明，但卻流露著森森寒氣，特別是目光之中怨毒叢生，讓白漪明心中止不住地發寒。

等白漪明凝神細看，才發現少年身邊尚且坐著個年齡相仿的女孩。

那女孩長相平平，不過勝在膚色雪白，眉目漆黑，還算得上模樣清秀。

身旁有那樣風流俊俏的少年，這樣長相普通的女孩，自然就變得毫不起眼了。

可白漪明偏偏覺得那孩子眉宇間的清冷，有種說不出的眼熟。

只是眼熟倒也算了，奇怪的是自己和她明明素不相識，也不知她為什麼要用那種眼神瞪著自己。

疑惑歸疑惑，白漪明腳下卻沒有停頓，很快地跨出了大門。

門外早已有馬車在候著，他抱著如瑄跳了上去，順手拉下車簾。

「等等。」如瑄一被放下，就扯住他的衣袖問道：「你當日出城，可曾把我身上的藥也一起帶出來了？」

白漪明看了看他，從身旁拿過一個包袱，放到他的手上。

「都在這裡，你自己找找吧。」白漪明轉身對車夫吩咐上路，但眼角的餘光卻看著如瑄打開那個包袱，找出白色瓷瓶，倒出一粒藥丸仰頭吞了下去。

白漪明看他吞咽艱難，正想遞上水囊讓他潤潤喉嚨，車外卻突然傳來一片譁然驚叫之聲。

白漪明探頭一看，只見自己方才出來的客棧之中人頭攢動，似乎那些看熱鬧的人不知怎麼忽然群情洶湧起來，而遠處一些官差打扮的人聽到動靜，也正快步往這裡走來。

「快走。」他又吩咐了一句，就回到車裡，嚴嚴實實拉上了厚重的車簾。

掛在車前的鈴鐺輕聲作響，車輪也隨之滾動起來。

「這車有層暗格，委屈你在裡面躲一會。」眼見城門在望，白漪明動手打開車板下的暗格，扶著如瑄躺了進去，「也許有些難受，你忍著些，等出城好了。」

「無妨。」如瑄躺在狹窄的暗格之中，毫無異議地應了。

白漪明來不及多說，匆匆合上車板，正準備過去把車尾的簾子掛起來，突然車簾一動，從外面竄進一個人來。

「誰？」白漪明心裡一驚，手已經按上了圈在腰裡的軟劍。

「別喊！」來人朝他做了個不要出聲的手勢，一雙清澈漂亮的眼睛裡帶著懇求，「有人在追我，千萬不要出聲啊！」

「是你？」白漪明認出了眼前的不速之客，就是剛才在客棧裡吵嚷的俊俏少年。

他本就覺得這少年有些奇怪，此刻一看對方身上的衣物看似普通，卻無一不是質地上乘，絕非普通人家能夠穿著，心裡的懷疑越發濃重起來。

「這位好心的大叔，請你幫個忙，讓我在這裡躲一躲。」少年雙手合十，「只要帶我出城，我一定會好好答謝你的。」

少年那雙異常動人的眼睛裡隱約閃著淚光，看上去好生可憐，白漪明心裡一軟，差點就要點頭說好。

「那可不行。」幸好他及時忍住，裝出惶恐的樣子，「我只是途經此地的生意人，不想惹上什麼事非，小少爺你還是不要為難我了，找其他人幫忙吧。」

「是嗎？」少年見他態度堅決，一眨眼從楚楚可憐變成了古靈精怪，「那大叔你是不願意幫我囉？」

表情轉變之迅速，就連白漪明都有種自嘆不如的感覺。

「不是不願，只是在下心有餘而力不足。」白漪明心想這少年來歷怪異，還是少招惹為妙。

「那就算了，我不會勉強大叔的。」少年揮了揮手，一臉好奇地問：「不過有件事倒是奇怪，我記得大叔方才從客棧出來的時候，手中是抱著個人的。我還記得那人裹著一件很大的斗篷，頭臉都遮住了，興許是生病了吧。可那人現在哪裡，怎麼只有你一個人在馬車上呢？」

白漪明這才知道自己早就被少年盯上了，不然剛才客棧裡那麼些人圍著他，又怎麼會把自己一個路過的人看得這樣清楚？

「我看小少爺氣宇不凡，絕不像會做什麼壞事的歹人。你被人追著東躲西藏，其中一定是有所誤會。」他心裡暗暗吃驚，臉上卻是不動聲色，「不如你我一同下車，找那追你的人說個清楚，也免得你這樣辛苦奔逃。」

「也好。」沒想那少年不但毫無懼色，反而笑吟吟地說：「既然這樣，那我也往外面喊上幾句，問一問可有誰看到了你的同伴，省得大哥你出了城再回來尋找。」

從少年竄上車來，白漪明就看出他不但會武，落足換氣之間更是沉穩有度，絕非一般紈褲子弟的花拳繡腿可比。況且只在三言兩語間，他就捏住自己軟肋不放，狡猾精明也不用多說。要是一招制不住他，被他嚷上一聲……白漪明一時心中極恨，卻又拿他沒有辦法。

「這是哪來的車？」外面傳來問話聲。

「回官爺的話，小的是從京裡來的。」

「那車上坐了些什麼人？」腳步聲慢慢地靠了過來。

「車上……」

「小人是京城的行商。」白漪明主動拉起車簾，打斷了車夫的回話，「車上就我和小兒兩個。」

「你說是行商就是行商了嗎？」守城官拿他比了比手上的人像，不冷不熱地問：「那準備往哪裡去啊？」

「官爺，事情是這樣的。」白漪明一臉苦笑，「小人在京城裡有家店鋪，平日裡做些玉器買賣，前陣子聽人說離這不遠的縣裡，有人在山上挖到了上好玉石，就帶小兒過來想收一些回去。沒想到玉沒收成，小兒還病得不清，這事……」

「好了好了。」守城官不耐煩地揮了揮手，「爺只問了一句，你倒囉囉嗦嗦地說個沒完。」

白漪明陪著笑，連連點頭說是。

「把臉露出來看看。」一旁的官差指了指蜷縮在被褥裡的少年。

「是是。」白漪明拍了拍少年，「兒子，兒子，讓官爺看看你的模樣。」

少年模模糊糊應了一聲，從被子裡把頭探了出來。他方才憋著口氣，把一張臉漲得通紅，配上無神的雙眼，倒像是在發燒難受。

可縱然如此，他俊俏的長相也叫那些官差們看得有些傻眼。

「這孩子長得倒好，可和你這爹不怎麼像啊。」守城官用懷疑的目光在這對父子臉上來回比較，「不會是你拐來的吧？」

「官爺說笑了。」白漪明的臉色有些尷尬，「這孩子是長得更像他娘一些，但和我也是有幾分相似的。」

這句話，換來的是一陣的鬨笑。

白漪明經過喬裝改扮，加上他刻意為之的言行舉止，在眾人眼裡，就是一個面貌平庸的中年男子，就算被當眾取笑，也只一味唯唯諾諾，一副膽小怕事的樣子。只有細心的少年在那雙偶爾低垂的眼中，捕捉到了一絲深藏的焦慮和怒氣。

這人絕不是簡單角色。少年又一次在心裡肯定了自己的猜測。

方才在客棧裡驚鴻一瞥，他就知道這不起眼的男人定有古怪。而對古怪的人或事，他一直都非常感興趣。所以，哪怕有更好的辦法可以甩掉那煩死人的丫頭，他最後還是選擇跳上了這輛奇怪的馬車。

正想到這裡，突然聽到一聲微不可聞的咳嗽，他心思靈活，立刻俯首在被褥之間，用大聲咳嗽把那動靜掩飾過去。

白漪明過來給他拍背順氣，兩人交換眼色，他在咳完後虛弱地問：「爹，能走了嗎？我好難受啊。」

「走了走了。」白漪明回頭看向那些官差，「官爺……」

「走吧走吧。」那些官差也笑鬧夠了，揮了揮手放他們上路。

直到離城門有段距離，車上的兩個人才鬆了口氣。

白漪明囑咐車夫在官道旁找個安靜的位置停下，然後撩起車簾，對著少年做了個「請」的手勢。

「小少爺，已經出城了，您請自便吧。」

那少年笑著點了點頭，可一隻腳剛剛跨出車外半寸，卻又收了回來。

「對了。」少年嚷了一句。

白漪明略一皺眉，心中殺機浮現。

「不知道大叔你是要去什麼地方？」少年回過頭來，對他璀然一笑，「我們這麼有緣分，說不定還能結伴同行呢。」

嘴裡講著「說不定」，可看他臉上的表情，分明是準備賴著自己，白漪明頓時有種哭笑不得的感覺。

「咳咳咳咳……」猛然一陣咳嗽擋住了白漪明還未出口的回絕。

「大叔不讓你朋友從車板下面出來嗎？」少年朝車裡看了看，忍不住說：「他似乎病得很重，在那下面待著一定很不舒服。」

白漪明望了他一眼，回身打開車中的暗格。少年也跟著湊了過來，一臉好奇的模樣。

「啊！」少年一看到暗格裡躺著的病人，低低地驚呼一聲，「怎麼……」

因為地方狹小，如瑄蜷縮著躺在特意鋪墊的軟褥之間，臉頰唇齒毫無血色，雙目也是緊緊閉著。白漪明嚇了一跳，再沒心情理會少年，急忙伸手扶起如瑄，用手指試探他的鼻息。等感受到還算平穩的呼吸，一顆懸著的心才放了下來。

「漪明？」如瑄張開眼睛。

「我們已經出城了。」白漪明小心地把他抱出來，「你怎麼咳成這樣，是不是哪裡不舒服？」

「我坐著就好。」他拒絕了白漪明扶他躺下的好意，把臉轉向少年的方向，「不知這位……」

「方才出城的時候，這位小少爺突然上了馬車，說什麼也不願下去，我只好把他一同帶出城了。」白漪明看了眼少年，發覺他臉色不知怎麼有些蒼白，不由生出幾分疑惑。

「你……你的眼睛……」少年一改剛才的口若懸河，拘謹慌張了起來。

「因為病得厲害，一時看不清東西。」如瑄輕描淡寫地說，「聽小少爺的口音並非本地人，不知道是否來自南方。」

「我是……」

「怪不得聽來總覺得耳熟，我在江南住了一段日子，在那裡也有幾位故友。」如瑄嘆了口氣，「只是山高水遠，別說舊日朋友，就連那滿目桃花盛放的風景，恐怕也難再見了。」

「等你把身子養好了，見見朋友也不是什麼難事。」白漪明神情幽暗地望著他。

「隨緣吧。」如瑄搖了搖頭，笑容裡帶著種奇異的豁達，「我說這位小少爺……」

「我姓白，叫雲飛，你叫我小雲就好。」少年轉了轉眼珠，「不知道這位哥哥怎麼稱呼？」

「我病得糊裡糊塗，名字也都記不清了。」

「那沒關係，我叫你哥哥就是了。」自稱白雲飛的少年挑釁似地望著白漪明，「不過話說回來，看這位大叔的樣子，也不像是會照顧病人的。不如哥哥你跟我回家，我一定找最高明的大夫把你的病治好了。」

白漪明突然哼了一聲：「我們萍水相逢，怎麼敢承白少爺這麼大的人情。」

如瑄正要說話，突然又是一陣咳嗽。

這陣咳嗽又猛又急，如瑄盡力彎腰掩嘴，還是有星星點點的鮮血從指縫裡濺了出來。旁邊一直盯著他看的白雲飛大驚失色，立刻扶住了他，手足無措地替他撫背順氣。

「你怎麼樣了？」等他止住咳嗽，白漪明繃緊了臉問他。

「無妨，只是臟腑裡的一些瘀血。」如瑄用袖子抹了抹嘴邊和手掌上的黏膩血漬。

「你……你怎麼病得這麼重？」白雲飛畢竟只是個孩子，那一截染滿斑駁暗紅的衣袖似乎把他嚇到了。

「你給我下去，不許再讓我看到你。」白漪明突然一把拉住白雲飛的衣領，厲聲說道，「不過，要是你對別人透露半句今天所見，休怪我不講情面。」

「情面？」白雲飛眼珠一轉，「方才大叔聽到我的名字，表情就有些奇怪，難不成你認識我家裡的人？」

「江東白家富甲天下，我這等下人怎麼高攀得起？」白漪明手上用勁，把白雲飛推了出去。

「漪明！」如瑄聽到響動，不由得低喊了一聲。

「我沒有傷他。」白漪明轉身吩咐車夫上路。

「那孩子……」

「江東白家前幾代為了爭奪家業，暗地裡鬥得你死我活，弄得原本偌大的家族死的死、散的散。」白漪明從車簾的縫隙向外望去，「也許是有損陰德的事情做得多了，從那以後白家人丁單薄，聽說這輩夭折了好幾個男孩，好不容易留下這一房獨子。」

「你和他……」

「按輩分來講，我算是他的堂叔，雖然我與他並無情分可言。不過，白家也不會放他一個人在外遊蕩，不需多久定有高手尾隨而至。」白漪明頓了一頓，接著說道，「我們是惹不得麻煩，若非如此，憑這般刁鑽狡猾的性子，我定是要殺了他以除後患。」

「既然決定讓他離開，又何必多想？」如瑄嘆了口氣，「再怎樣千思百慮，也未必能抵過世事無常。」

白漪明回過神來，只見如瑄雙目低垂靠在一旁，似乎因為疲憊而沉沉睡去。

馬車換了一輛又一輛，車夫換過一個又一個，到了最後，變成白漪明親自駕車帶著如瑄上路。

而連著晝夜兼程一路顛簸，就連白漪明也不免有些疲倦。可反觀一身傷病的如瑄，氣色卻比前幾日還要好上許多，這雖然讓白漪明懸著的心放了下來，可那種說不清的焦慮卻始終在他心中盤桓。

「你真的不想知道，我會帶你去什麼地方嗎？」

如瑄把臉轉向了白漪明的方向。

「對我來說，哪裡都是一樣的。何況……」他淺淺一笑，「等到了那裡，不就知道了嗎？」

從熱鬧的城鎮到偏僻的鄉村，直到這罕無人煙的山林荒野。這樣一番周折輾轉，加上雙目失明，別說是知道方向位置，恐怕此刻身在何地他都說不清楚。但即便如此，如瑄卻始終沒有開口問過一句關於白漪明的打算。

「若非路上遇見白家那小鬼，我原本是想帶你前往東海，海中島嶼千萬，實在是再好不過的藏身之處。但這樣一來，就不便照著原本的計畫行路。所以我預備把你帶到另一處地方，等過了一段時日再決定去處。」白漪明說到這裡，突然有些吞吞吐吐起來，「那地方明日就能到了，只要翻過這座山頭，其實……我們就是在……」

「漪明，你有沒有什麼心願？」如瑄打斷他，「我是問，除了報復百里寒冰之外的心願。」

白漪明想了想，然後輕聲地說了句「沒有」。

「你年華正好，難道真要陪著我，在荒野孤島之中避世隱居，過完這一生嗎？」如瑄嘆了口氣，「漪明，這樣怎麼算是復仇，至多也只是兩敗俱傷罷了。你這孩子看著聰明，怎麼到了這裡，卻又想不明白了呢？」

「你怎麼說都好，總之我只要一日活著，便不能讓百里寒冰稱心如意。」一說到心中痛處，白漪明又是一臉陰鬱固執，「你認得的那個無知孩子，早已隨著他的母親哥哥，一同被百里寒冰害死了。」

如瑄呆了半晌，然後低下了頭。

「你心中恨他極深，哪怕陪上一生向他報復也無所謂嗎？」

白漪明不答，卻是默認了這句話。

枯枝在火中燃燒，散發出嫋嫋煙氣，和樹林之中的山嵐混雜到一處，濃濃淡淡地把一切裝點得有如幻夢般縹緲虛無。

「在我尚且年幼的時候，我的兄長為了救他深愛的妻子，寧可捨棄自己的性命。從那個時候，我就恨起了千花凝雪。我怎麼也想不明白，這明明就是害人的毒藥，為什麼衛家還要世代傳承下來。」如瑄半垂著眼簾，「可現在我唯一的侄兒早已過世，衛家的血脈到了我這裡算是斷絕得乾乾淨淨，什麼原因故事也就沒什麼緊要了。」

白漪明抬起頭，仰望著樹木枝椏後那看似伸手可觸，卻是遙不可及的積雪山峰。

「我對阿珩照顧得不周全，所以他和我並不親近，我後來想起總是覺得後悔。若是我當年沒有覬覦那本《藥毒記篇》，而是好好教導扶養他，不知該有多好。」想起那個性情乖僻，有時候簡直任性得毫無道理的侄兒，如瑄只覺一陣傷心，「阿珩雖然看起來性格古怪，脾氣也不是多麼和順，卻依舊是個心腸很好的孩子。可到了最後，我非但沒能幫他什麼，還仗著他為我換血續命才活到今日……我要是到了地下，該怎麼跟我哥哥嫂子交代呢？」

「你一直只知道責怪自己。」白漪明皺著眉頭，「你又犯了什麼不能饒恕的過錯？若不是當年……」

「當年的事情，我們已經說過太多。」如瑄張開因為失明日久，而顯得空洞無神的眼睛，「我只是想說，不論是我是你，都被過去的記憶拖累，所以這一生餘下的日子，都無法活得快活自在了。」

「也許是吧。」

「與其活得艱難，倒不如把過去種種都忘了，或許會活得快樂一些。」

「你以為人人都能有百里寒冰一樣的本事嗎？」

「未必……是不能的。」

白漪明心中警兆突生，猛地向如瑄望去，如瑄卻只是安安穩穩地坐著。

「這句話……是什麼意思？」以如瑄現在的情況，應該沒有餘力做些什麼，白漪明心思稍定，暗暗責罵自己太過多疑。

「仇恨太過沉重的話，便好似附骨之毒。要去除這種毒，需要用刀剜去腐肉，刮去骨上的餘毒。」如瑄緩緩地說道，「所以想要治好你，最好是能把關於仇恨的記憶從你心中消除。」

「如果可以，我也希望能夠忘記。」白漪明自嘲一笑，「可這仇恨使我寢食不安，怎麼能夠說忘就忘呢？」

「漪明，對不起。」

「我說了，你不需要替他向我道歉。」

「我本就是個自私虛偽的人，所做的一切也都只為了他，這些你是知道的。」

如瑄的臉在突然濃重起來的煙霧之後若隱若現，有種說不出的詭異之感，「你怎麼會相信，我會和你聯手去傷害他呢？」

子夜呉歌

第九章

「你……」白漪明心頭一震，立刻伸手想要抓住他，但手才抬到半空就垂落下來，「你對我做了什麼？」

他發覺不對立即行氣運功，可似乎為時已晚，現在不但丹田之中空空蕩蕩，就連四肢都開始有發沉。

「方才我在火裡放了一些東西。」如瑄依然是那溫溫和和的模樣，「你這孩子處處聰明仔細，偏偏對我毫不提防，也許，這就是天意吧。」

「你對我下毒？」白漪明只覺腦中一陣眩暈，「我還真是愚蠢……」

「我之前一直都在猶豫，因為這種藥一旦用了，就再也沒有後悔的餘地了。」如瑄鎖緊眉頭，「其實說起來，我本來是為他準備的，可你卻早一步把我帶出冰霜城。」

「你這是騙誰！」白漪明咬著牙，掙扎著想要起身，「你怎麼會捨得把他毒死？」

如瑄聽到響動，卻也不慌張閃躲，似乎篤定他根本沒有脅持自己的可能。事實上，白漪明很快發現，自己連動一根手指都變得非常艱難。

「我當然不會那麼做的。」如瑄從袖中取出一個青瓷小瓶，「不過，也是多虧你幫我把它從冰霜城裡一起帶了出來。」

白漪明立刻認出那是自己從冰霜城中帶出來，而且還是自己親手交給他的藥瓶之一。自己當初會拿這個瓶子，是因為看到瓶子上面有特別的記號，而且是和千花凝雪放在一起，就以為是救命的藥物。

「那我就是自尋死路了吧！」白漪明面色灰敗地大笑起來，那笑聲淒厲陰森，在夜半寂靜的山林之中聽起來格外可怖。

「我記得你問過我，為什麼突然願意回到他的身邊，」如瑄絲毫不為所動，揚手把瓶子扔進面前的火堆，「因為我快要死了，當一個人快死的時候，總想試著為自己實現一些願望。那些活著的時候，不該奢望的願望。」

笑聲戛然而止。

「千花凝雪之毒無藥可解，拖了這麼多年，我的五臟六腑早已衰敗枯竭，也許連下一個春暖花開的時日都看不到了。」如瑄平靜說道，「這便是我回來的理由。我只是想見他一面，想要知道，在歸於塵土之前……」

這麼多年刻意不聽不問，將那人阻隔在厚重的宮牆之外，但那天晚上往窗外望了一眼，偏偏就看到了。在明亮的月光裡，那人一襲白色衣衫，披散著的黑髮迎風飛舞著。

火焰燒融了青瓷藥瓶的封口，轟地爆出一片絢麗火光。近來憔悴得有些可怕的如瑄，此刻看去，眉眼之中竟泛出幾分盎然生意。

「我還是低估了你的一片痴心。」白漪明剎那間萬念俱灰，認命似地閉上眼睛，放任自己軟倒下去。

「這也不是什麼毒藥，只不過會讓你頭暈高熱，如同感染了風寒。」隱隱約約地，他聽見如瑄在說：「你年輕體健，很快就會好起來的。而等你好起來的時候，那些恩怨和仇恨就會離你很遠……」

就好像應驗了那些症狀，他開始覺得整個人昏昏沉沉，用盡力量努力睜開眼睛，也只能看到一個朦朧的身影站在自己面前。

「你放心，我在那天遇到的『白少爺』身上也下了這種藥，雖然分量很輕，但足以讓他忘記曾經遇到我們的事情。」慢慢地，那聲音也變得縹緲遙遠起來，

「我加了安睡的藥物，所以只是開始會有些難受，過一會你就會睡著了。等你醒過來的時候，什麼都不會記得……」

眼前模模糊糊一片，光線人影漸漸消散，歸於虛無。

摸索著安置好昏睡過去的白漪明，又往火堆裡扔了足夠多的枯枝，如瑄深一腳淺一腳地沿著崎嶇小道，往山林深處走去。

他不知道這是哪裡，也不需要知道。越是荒僻而杳無人煙的地方，對於現在的他來說，才是最合適的。

走得沒力氣了，他就取出血參在舌下含上片刻，然後繼續艱難地在樹林間跋涉。就這樣磕磕絆絆、跌跌撞撞地走著，山野深處氣息陰冷，幸好他含著的血參性熱，催動氣血運行，倒也沒有多麼難熬。

腳下青苔處處，一片滑膩難行，他幾次都有著放棄前行的念頭，但一想到可能會被入山的樵夫獵人尋到蹤跡，只能繼續步履蹣跚地在繁茂無徑的灌木荊棘之中艱難行走。

這是……如瑄的院子……

他愣了一下，慢慢推開院門走了進去。

藥材似乎還沒整理完，翻開的書本就那麼放在桌上，倒好的茶水還在冒著熱氣。

可是一點聲音都沒有，如同死寂般的安靜教人覺得惶然不安。

「如瑄！如瑄！」他忍不住大喊出聲。

「是師父嗎？」幾乎是立刻地，有人回應了他。

聲音從半掩著門的房間裡傳出來，聽到之後他鬆了好大一口氣，連忙走了過去。

院子裡陽光燦爛，可不知道為什麼房裡卻像夜半一樣幽暗。但種種疑惑在一看到桌旁坐著的如瑄後，立即被他拋到腦後。

「如瑄，你怎麼在這裡？」他三兩步跑到桌邊，拉起如瑄的手，焦急又慌亂地說著，「你到哪裡去了？你知不知道，我找了你好久。」

「我能去哪裡呢？不是一直都在這裡嗎？」如瑄淡淡地笑了，「你找我是不是有什麼事？」

「不是，只是找不到你，我……」他緊緊地把如瑄的手扣在掌中，「如瑄，你不要一聲不響就不見了，我怕我會找不到你。」

「你找我做什麼？你不是說不想看到我嗎？」如瑄依然溫溫和和、不緊不慢地說，「你放心吧，待會我就走了，你以後就再也看不到我了。」

「你胡說什麼！」聽如瑄這麼說，他的臉都青了，「誰許你走的？不許走，你不許走！」

「我走了才好。」如瑄輕輕嘆了口氣，「等我走了以後，你就好好當你的城主，然後把我忘記吧。」

「我不會讓你走的。」不知為什麼，他不敢去看如瑄臉上的表情，卻緊緊握著如瑄，片刻都不敢鬆開，「哪裡也不許去，如瑄，你哪裡也不能去。」

「其實你是知道的，你知道我為什麼要走，你知道我對你……」如瑄的聲音漸漸低了下去，「我在你身邊，只會讓你覺得痛苦難受。」

「不！」他心慌意亂地把如瑄抱在懷裡，「只要能讓你留我身邊，不論怎樣都行！就算你不把我看做師父……就算……就算你把我……」

如瑄的手按在他的嘴唇上，他低下頭，看到如瑄臉上帶著微笑，卻是對他搖了搖頭。

如瑄低低沉沉的聲音在幽暗的房間裡迴盪：「不要說，不要說那些會令自己後悔的話。」

他半跪在地上，把頭埋進如瑄胸前，覺得心中一陣陣絞痛。

「好了，這十年二十年，不都轉眼就過去了嗎？」如瑄的手指撫過他的頭髮，「我答應你，等到我們再見的時候……等到那個時候……」

他茫然地抬起頭，疑惑地望著欲言又止的如瑄。

「如瑄，我們要走了。」一個熟悉卻又陌生的聲音從屋外傳來，「我已經等了這麼久，你還沒有和他說完嗎？」

「已經說完了，這就來了。」如瑄對著屋外應了一聲，然後站起身，低頭對他說：「師父，她來接我了。我要和她一起走，你放開我吧。」

「慢著！」他顧不得會傷到如瑄，一把扣住了如瑄的脈門，「不管是誰，今日都休想把你帶走！」

「百里城主，我知道你向來不講道理，可這一回卻是由不得你來決定了。」門外那人的聲音嬌美動聽，言語卻犀利尖銳，「如瑄在很久以前就答應過我，你也知道他是個守信的人，所以，他今天一定會和我走的。」

「那又如何？」他冷冷地哼了一聲，「除非妳有本事把我殺了，否則休想在我面前把他帶走。」

「你怎麼到現在還是這麼自以為是呢？你以為只要倚仗著你那絕世武功，就能解決任何問題嗎？」那人不驚不怒，卻是笑了起來，「百里寒冰啊百里寒冰，過了這麼些年，你怎麼一點長進也沒有呢？」

那笑聲帶著詭異陰森，聽得他心中一片冰涼。

「師父，你不要這樣。」如瑄臉上滿是為難，「我的確早就答應過她，要和她一起走的。讓她空等了這麼多年，已經很對不起她，我不能……」

「住嘴！我說了不許！」他幾乎是失控地大聲喊著，「你是我的！我不許你走！你聽到了沒有！」

等到看見如瑄愕然的表情，他才醒悟過來自己說了什麼。

「我……我是說……」他心裡慌張極了，連話都說不完整，「如瑄，我……」

「我明白，你是在為我擔心。」如瑄嘆了口氣，從他不知不覺放鬆的手中掙脫，「不過你放心，她一定會好好照顧我，我也會好好待她的。」

等他回過神，如瑄已是不見蹤影。

「如瑄！」他一躍而起，追出門外。

如瑄正站在院中和人說話，那人似乎輕聲抱怨了幾句，如瑄連聲陪著不是，頰邊的梨窩若隱若現，笑得不知有多麼溫柔。

他心口一悶，一聲「如瑄」哽在喉中，怎麼也喊不出來。

「你和他說清楚了沒有？」依稀聽見那人在問，「他可是個糾纏不清的人，要是沒說清楚，不知會有多麻煩。」

「不礙事的。」如瑄朝他這裡看了一眼，低下頭去安慰那人，還用手撫過那人漆黑的頭髮，「我答應過妳，就一定會跟妳走，他攔不住我們的。」

這句話還在他耳邊隆隆作響，那個占了如瑄目光的人突然回過頭來，露出一張傾國傾城的美麗容貌。

「妳、妳是……」他乍見之下，不免大吃一驚，「顧紫盈！」

「百里城主，許久不見，這些年你過得可好？」顧紫盈笑靨如花，「沒想到夫妻一場，你竟然這時才認出我，真教我好生難過。」

可她笑中滿是洋洋得意，哪裡有半點難過的影子。

「妳不是……不是已經……」他有些糊塗，想不明白過了這麼多年，顧紫盈怎麼還會是雙十年華的樣貌。

「誰死了誰還活著，對你來說又有什麼重要的？」顧紫盈冷冷地瞪著他，「百里城主只要自己稱心如意，什麼時候關心過別人的死活了？」

「如瑄你快過來，她絕對不是紫盈。」他心中殺意頓現，面上卻是不動聲色，「我的夫人顧紫盈早就已經死了，不管她是人是鬼，居然敢冒用我夫人模樣，我一定不會輕饒她的。」

「夫人？不知道的人聽來，還以為你對你夫人有多麼情深意重呢。」顧紫盈的嘴角浮現一抹冷笑，「不過百里城主，你還記不記得，那天晚上你夫人喝下毒酒之後，你可是眼睜睜看著她咽了氣的。那時候，你就坐在她身邊，看著她掙扎痛苦、七竅流血，直到她變得冰涼僵硬，再沒有生還的可能，才叫人進來收屍打掃。從頭到尾，你連眉毛都沒動一下，更別說傷心痛苦了。這種『鶼鰈情深』，還真是讓人害怕呢。」

他心裡一慌，急急忙忙看向如瑄。

如瑄卻沒有看他，而是神情漠然地望著別處。

「如瑄，你不要聽她胡說八道。」他吸了口氣，為自己辯解，「紫盈她是因為……是因為……」

「因為她想下毒害你在先，所以這也不能怪你。」如瑄的聲音有些顫抖，「但是……但是再怎麼說，她也是你的結髮妻子，你又怎麼忍心……」

「他本來就是這樣的人。」顧紫盈掩嘴笑著，「不過倒也不全是為了顏面聲望，他是擔心我會不顧一切跑去找你，那麼他與你之間，定然會變成無法收拾的局面。反而我死了不但永絕後患，他與你的嫌隙隔閡也有了轉圜的餘地，簡直就是一舉兩得的美事。」

「簡直一派胡言！」他併指成刀，眼中殺氣再也隱藏不住，「如瑄你過來，讓我殺了這裝神弄鬼的瘋女人。」

「好啊，那你就殺吧。」顧紫盈眼波流轉，笑著靠到了如瑄肩上，「可不管我是死是活是人是鬼，從今往後，如瑄再也不會留在你身邊了。」

他正要發難，耳中卻聽如瑄長長地嘆了口氣。

「好了好了，我不說就是。」顧紫盈為如瑄披上一件紅色衣裳，「如瑄，我們走吧。」

那紅色鮮豔刺眼，他眨了下眼睛，這才看清顧紫盈身上穿的紅衣也同樣繡著龍鳳呈祥，分明就是嫁衣喜服。

他腦中轟然作響，眼前昏花一片。

「師父。」隱隱約約聽到如瑄說，「我這就走了……」

百里寒冰猛地驚醒，睜開的眼中滿是殺氣，但他眼前卻只是一室幽暗，根本不見半個人影。

他靜靜地僵坐許久，才反應過來那不過是一場惡夢罷了。他不由得舒了口氣，想要試著閉目調息，收斂起心中的殺意。

只是那夢境未免太過真實，尤其是顧紫盈為如瑄披上喜服……想到教人怒火中燒的場面，正在經絡中運行的真氣一時走岔，他連忙點了數處大穴，才把翻騰的氣血硬生生壓了下去。

汗水順著髮稍不斷滴落在衣襟上，他劇烈地喘著氣，死死盯著掛在自己胸口的蝴蝶玉扣。

突然，眼角閃過一抹詭異藍光，百里寒冰凝神望去，卻看見從半開的窗戶裡，飛進一隻藍色的蝴蝶。那蝴蝶非但比普通蝴蝶大上許多，顏色也異常豔麗，在昏暗的屋裡十分醒目。

原來只是蝴蝶。

他一陣恍惚，無力地靠在椅背上。

自從如瑄和白漪明從城裡憑空消失後，已經過了整整半個月。這半個月裡，他幾乎滴水未進，不眠不休地四處尋找，甚至動用了朝廷之力，幾乎查遍附近大大小小的城鎮。偏偏到了現在，還是一點線索也沒有。

「到底是什麼呢？」他仰頭望著屋梁，喃喃地問著自己，腦海裡卻是一片空白。

他並不是不知道自己忽略了一些重要的事情，但每當準備靜下心來好好想想的時候，他想到的只有如瑄那沉重的傷勢，哪裡還能有什麼鎮定冷靜？

子夜時分，萬籟俱寂，讓人心裡空空蕩蕩的。

以為如瑄喜靜，所以當年特意為他挑了這樣一處僻靜院落，可為什麼從來就沒有發現，這個地方簡直靜到了死氣沉沉的地步。如瑄孤孤單單地獨居在這裡，冷冷清清地獨自長大，自己卻從來沒有注意過這是個多麼寂寞的地方。

遠處隱約傳來陣陣歌聲，百里寒冰仔細分辨，似乎聽到有人正在低吟淺唱。那歌聲斷斷續續，婉轉淒涼，總覺得在哪裡聽過。

「經霜不墮地，歲寒無異心。適見三陽日，寒蟬已復鳴。感時為歡嘆，白髮綠鬢生……」他跟著那吟唱之聲念了一段，一時間茫然更甚。

那蝴蝶搧動翅膀，綽綽約約地在屋裡盤旋迴繞，在牠飛過的地方，好似有星星點點的光芒灑落下來。百里寒冰茫茫然地望著，心底突然生出一個絕望的念頭。

若是再也找不到如瑄……怎麼辦？那該怎麼辦？要是永遠找不著如瑄了，那該怎麼辦才好？

百里寒冰僵直地站起身，忽然朝自己身前劈出一掌。

掌風掃過之處，那隻藍色的蝴蝶從中一分為二，飄落到地上。百里寒冰閉起眼睛，長長地呼了口氣。直到他確定耳邊細語低吟不復存在，才低頭去看碎落在腳下的那隻蝴蝶。

換成其他時候，這種迷幻之術又怎麼能動搖他的心志。只是此刻幻象已消，他心中的焦躁痛苦卻不知為何沒有絲毫減退。他望著那隻蝴蝶，突然之間想起那天自己把補好的玉扣交給如瑄的時候，如瑄說的那些話。

他那時聽得糊塗，此刻卻突然有些懂了如瑄的意思。

玉扣碎了可以用黃金鑲嵌彌補，但這世上的另外一些東西，卻是毀壞之後便再也無法恢復如初。

子夜吳歌

第十章

院中輕微的聲響驚動了他。

「我說了，任何人都不許踏進這院子半步。」他心中正煩躁，頭也不抬地冷聲說道，「給我出去，不許再過來了。」

沒想到那腳步猶豫半天，居然沒有退開，而是慢慢地移進屋中。他皺了皺眉，瞪了一眼那個平時怕極了自己，今天卻不知為什麼主動靠近的孩子。

不知為何，他每次只要一看到這個孩子，便會從心底生出不想親近的感覺。若不是如瑄那樣堅持，他又怎麼會把這孩子收做義子？

「你過來吧。」百里寒冰看著那孩子臉上過於謹慎的表情，眉頭忍不住又緊皺幾分，「有事找我？」

百里如霜抿著嘴唇，低頭盯著自己的腳尖。

「你是在擔心如瑄嗎？」想到這一層，百里寒冰放柔了表情，「他不會有事，我會把他找回來的。」

百里如霜張了張嘴，似乎有話要說，但最後卻還是搖了搖頭。

「沒人逼你說話，你大可以一輩子不出聲。」百里寒冰冷眼望他，「若是沒有其他的事，你可以走了。」

說完之後，他就自顧自走到床邊，對著空空的床鋪發起呆。

「爹……」寂靜無聲的房間裡，響起了生澀細微的聲音。

「我不是你爹。」他冷冷地說道，「若不是如瑄求我，我根本不會收什麼義子。」

百里如霜的臉色一片蒼白，好不容易鼓起的勇氣在他的冷漠之中化為烏有。

「不過，如瑄為什麼待你如此特別？」百里寒冰用手輕撫過染血的床枕，喃喃地問道，「他跪在面前求我，說你是故人之子……仔細看你的樣貌，倒是有幾分熟悉，莫非是我也認識的故人，那又會是哪位故人呢？」

百里如霜的眼中閃過一絲恨意。

「城……城主……」他深吸口氣，把原本藏在身後的東西放到桌上，「這個……這個是如瑄少爺給我的，說是如果有一天他不在了，讓我悄悄放到您的書房裡。可是他那時候的樣子好奇怪，我……」

百里寒冰轉眼看去，頓時呆住了。

百里如霜只覺得眼前一花，桌上的書就不見了，再一看卻是到了百里寒冰手中。

「這……」百里寒冰的手似乎在發抖，「這是……」

那是一本不厚的書冊，紙頁嶄新整潔，似乎是新近裝訂而成，在封面上有兩字繁複古篆。翻開之後，裡面的字跡雖然工整端莊，但轉折中不難看出飛揚靈動，儼然是如瑄所寫。

施針用藥的手法如此冷僻獨到，定然是漳州衛家的後人。衛家有一劑家傳奇藥，能夠活死人肉白骨，解盡天下奇毒，這「當時已惘然」自是不在話下。小公子氣虛體弱，只怕等不到我把解藥製好，既然有這樣的機緣巧合，百里城主又何必冒險捨近求遠呢？

你不知道千花凝雪之於我的意義，所以我不恨你。但也正因如此，我無法原諒你。

我投入你門下的確是居心不良，但這次你也把我騙得很慘，也算是扯平了，好嗎？現在一切都跟著那本書燒成了灰燼，不如我們也從頭來過……好嗎？

「藥毒……藥毒記篇……」

「城主，沒事我先出去了。」百里如霜看他自言自語，神情瞬息萬變，心裡覺得惴惴不安，但退到門邊的時候還是忍不住問了一句：「那個……他們說如瑄少爺不回來了，他真的……真的不會再回來了嗎？」

百里寒冰渾身一震，從一片混亂的意識中驚醒過來。

「他會回來的，這點你不用擔心。」看到百里如霜要出去，百里寒冰喊住了他，「劍譜和心法都刻在祠堂牌位後面，你若高興就自己去學。還有，祠堂裡的那把劍你也可以取走，從今日起它就是你的了。我可能要離開一陣子，我不在的時候，城裡的事情就由你作主。」

「啊？」百里如霜一下子愣住了。

「既然姓了百里，冰霜城遲早會交到你的手上。」百里寒冰揮了揮手，示意他不用多說，「你雖然年歲小了些，不過心智倒是不俗，我也沒什麼不放心的。」

百里如霜低下頭，輕輕地「嗯」了一聲。

百里寒冰目送他走遠，重新把視線移到手中的書冊上。

「如瑄……」他用手指摩挲著紙上的字跡，想像著如瑄一筆一劃仔細書寫的模樣，「你是不是不想再回來了？是不是我再怎麼傷心難過，你也不管不顧了？你怎麼可以這樣，我不是告訴過你，不可以去我聽不到看不見的地方……」

就像是應和他的話語，窗外竟然又飛進了一隻蝴蝶，同樣的豔藍妖異，同樣閃爍著點點磷光。百里寒冰有了前次的經驗，立刻屏氣凝神，但又覺得這蝴蝶來歷蹊蹺，也就不急著除去。

只見那蝴蝶飛了一會，又繞著床鋪盤旋許久，最終停在了他身旁的枕頭上。百里寒冰正覺奇怪，窗外又接二連三飛進了同樣的藍色蝴蝶，而且無一例外地停在了床枕上，就算伸手趕走，下一刻又會回到原地。

百里寒冰想了想，將書冊貼身放好，決定沿著蝴蝶飛來的方向一路尋去。

一種無法言喻的怪異感覺，讓如瑄從舒適的昏睡中驚醒過來。

就像是無數細小的葉片不斷輕觸著他的臉頰和雙手，勉強伸手揮開，瞬間又糾纏過來，不論怎麼側轉揮趕都擺脫不了，令他十分難受。

輾轉之間，他的神智漸漸清醒，渾身撕裂般的痛苦也隨之鮮明起來。他側躺著蜷攏起身軀，試圖忽略那種讓人厭惡的觸碰和疼痛。

「這可怎麼辦啊。」不知過了多久，一個熟悉卻又陌生的聲音幽幽地傳進他的耳中，「看這樣子，就算能換血續命，恐怕都熬不過去了。」

那「換血續命」四個字，使得再次昏沉的如瑄猛然睜大眼睛。雖然眼前依然是一片黑暗，他卻在心中勾勒出了這個聲音主人的樣貌。

「無思……」

「你怎麼會用千年血參？」半蹲在他面前的無思大聲嘆著氣，「簡直就是明珠暗投、暴殄天物、混帳之極！」

「你怎麼會在這裡？」他吃力地撐起身子。

「這雙眼睛算是廢了。」無思把他抱到一旁的樹下，指尖搭著他的腕脈仔細辨認片刻，又嘆了口氣：「我還以為是用什麼特別的方法克制藥性，原來還是換血續命。」

他說話總是不急不徐，但手卻一點也不慢，這一句話裡已經在如瑄的頭頸大穴處下了數針。

「我也是這幾年才有這樣的想法，看來替你施術換血的大夫，比起我來要高明多了。」無思撩高他的衣袖，看著他從手肘一直向上延伸的數十條細長傷痕，「這方法說來簡單，實則萬分凶險，一不小心就是兩者皆亡的後果。而且就算至親血脈也十有八九相沖難容，你能活下來簡直不可思議。」

等他取出金針，如瑄咳了幾聲，吐出一大口濃濁黑血。

「千花凝雪之毒雖然無藥可解，但我們衛家的人自幼年起，每年都要服用一顆『千花』，你出身千蓮宮，自然知道千花的效用。」

「是啊。」無思目光驟然一亮，「千花凝雪之毒只行於血脈，你常年服用『千花』，所以毒性發作非常緩慢，只要在毒性深入臟腑之前，施行換血之術，那麼就能救你的命了。」

「不對。」他才說完，卻又搖了搖頭，反駁自己的推論，「要是那樣的話，你身上殘留的毒性又是從何而來？」

「那是因為當年在緊要關頭被人打斷，所以……是我連累了阿珩，要不是為了救我，他也不會……」

「你和衛珩只是叔侄而非兄弟，照理說血脈相和的可能少之又少。」無思卻沒功夫理會他的心情，「要是真的，那未免太過湊巧。」

「當然不是因為湊巧，而是阿珩盜取了千蓮宮的傀儡枝。」

「不可能的！」無思突然面色大變，「那五離血煞陣非比尋常，如果陷入陣中，武功如百里寒冰也未必能全身而退，衛珩怎麼可能闖得過去？」

「這我就不知道了。但阿珩的確得到了傀儡枝，方能施展換血之術。千蓮宮號稱東海聖殿，果然有超越世俗的神奇之處。」如瑄灰白的臉色又暗了幾分，「不過真沒想到，我最後見到的人居然是你，你又為什麼會孤身一人在這深山荒野呢？」

「我聽說衛珩已經失蹤多年，是生是死無人知曉，而傀儡枝遠在東海，一來一回至少也要一個多月，能否闖過五離血煞陣更是未知之數。」無思沒有回答他，而是用一種惋惜沉重的口氣對他說，「何況毒性早已散入五內，就算能夠再換一次血，至多延上三五年性命……」

「不行。」如瑄斷然說道，「為了自己能活上三五年，便要別人賠上性命，這種事絕不能做。」

「我知道你一定會這麼說。」無思笑了起來，「你們衛家當年費盡心力離開千蓮宮，還立下那樣狠毒的誓言，不過是想擺脫代替他人赴死的命運，可沒想到終究是白忙一場。」

「我倒不這麼認為。」如瑄閉上眼睛，「心甘情願替人赴死和被當作救命良藥，本就不可同日而語。」

「這倒也是。」無思長長地嘆了口氣，「只不過，不是每個人都願意看到你慷慨赴死。」

「我願意告訴你，需要什麼藥物才能將千秋花融入嬰兒血中。」

「這可是只有衛家和千蓮宮主人才能知曉的祕密。」無思神情一動，「你的條件又是什麼？」

「我本以為自己要一個人死在這裡，沒想到在臨死之前還能遇見你。」如瑄淡淡地說，「我只求你，在我死後把我的屍骨焚化，不要對任何人提起此事就可以了。」

「那可不行。」無思想也沒想，一口拒絕了他，「對我來說，比起這個藥方，天下第一劍客的承諾顯然更加誘人。」

「這話是什麼意思？」

無思反問他：「你知不知道我為什麼會站在這裡？」

「為什麼？」

「當然是為了找你。」無思輕輕一笑，「百里寒冰說我只要能救得了你，什麼條件他都會答應。天下第一劍客的承諾何其珍貴，我又怎麼能辜負他這一番美意？」

如瑄駭然抬頭。

「如果你想避開他靜靜等死，這裡實在不是一個多好的地方。」無思嘆了口氣，「不過你目不能視，也不可能走得太遠。」

如瑄也不知道哪來的力氣，竟然一把拉住了無思的衣服：「這是什麼地方？」

「你以為是什麼地方？」無思緩緩看了一眼周圍，然後遙遙望著山脊下隱約可見的莊園屋宇，「難道說你並非自己來到此處，而是有人把你帶來這裡的嗎？」

「我問你，這是什麼地方？」

「這個問題，不如讓百里城主來回答吧。」

如瑄的手猛地一顫，無力地垂落下來。

「百里城主，人我幫你找到了。」只聽見無思在說，「至於救治，請恕我有心無力。」

無思踩著樹葉，腳步漸漸遠去，四下再無人聲，只有越來越多的撲簌怪聲。如瑄聽出那是什麼東西拍打翅膀的聲音，這些東西成群結隊在他四周盤旋飛舞，把他圍在中間。

如瑄不禁有些恍惚，覺得方才可能只是錯覺，根本沒有無思也沒人和自己說話，只怕是迴光返照時的迷亂幻想所致。只是為什麼在這個時候，自己還會想到那些無關緊要的人和事。有些翅膀或觸角的東西碰到了他的臉頰，就如同不久前的那種感覺一樣。

不過這次沒有等他抬手揮趕或躲避，一陣冰冷的微風在他頰旁鬢邊擦過，那些教人厭惡的聲音和感覺就立刻不見蹤影。

他等了一會，覺得一切真的只是出於臆想，忍不住長長地呼了口氣。

可是下一刻，一隻冰冷的手無聲無息地撫上他的臉頰，頓時讓他那口還沒有吐完的氣哽在喉間，化作一陣劇烈的嗆咳。感覺胸中血氣翻騰，他急忙抬手想要把嘴捂住，可還是慢了一步，只來得及覆蓋在那冰冷的手背上。

血一定濺了身旁的人滿手滿身，這情景一定很是嚇人，所以停下之後，他急忙解釋：「那只是些瘀血，雖然看起來很嚴重，不過沒什麼要緊。」

那人沒有說話，只是替他擦去唇鼻之間殘留的血跡，然後那冰冷手指緩緩移動，輕觸著他緊緊閉起的雙眼。

「看不見了？」聲音雖然還算平靜，但那隻手卻抖得教人心裡發慌，「有這麼嚴重嗎？」

「你們是怎麼找到我的？」如瑄心神不定地轉移話題。

「我只是跟著這些蝴蝶。」百里寒冰在他身旁坐下，扶著他靠在自己懷裡，「是一些奇怪的藍色蝴蝶，剛才在這裡聚集了很多。」

「藍色的嗎？對，應該是千蓮宮的蠱蝶。」如瑄喃喃地說，「蠱蝶對『千花』的味道十分敏銳，就算相隔千里也能追蹤。就連千蓮宮裡都為數極少，無思倒真有本事，居然能在宮外培育出來。」

「如瑄。」這時再也沒有什麼能讓百里寒冰的目光移開，更不用說那些早就變成一地殘碎的蝴蝶，「東海的千蓮宮裡，是不是有能夠治你的藥物？」

「這裡離冰霜城不遠，是嗎？」

「我不是對你說過，我不會讓你有事的，你為什麼不相信我？」

「這裡就可以了，這裡的話……」

「如瑄！」

「千蓮宮早在二十多年前就燒成廢墟，哪裡還會有什麼救命的神藥，餘下的不過是些被刻意誇大的傳聞。況且無思此人城府詭祕，他的話還是不要相信的好。」

「你是要讓我就這樣看著你，什麼都不做嗎？」

「師父，真的已經夠了。」如瑄睜開眼睛，「我們家的人活過四十歲就算是長壽，這麼看起來，我其實也不算短命。」

「可是我不願意。」百里寒冰低下頭，緊緊臉貼著他的臉頰，「如瑄，我最近時常會感到害怕，常常不知道怎麼辦才好。只要一想到再也看不見你，我就害怕得不知道怎麼辦。」

「就算朝暮相伴，也不免終有一日死別生離，你和我不過是……」

溫熱的水珠滴落在他的眼下，沿著臉頰一路滑落，停在了他的唇角。又鹹又澀的味道從唇邊穿透進來，那種味道就像是……淚水。

「師父……」他用手碰了碰自己的臉頰，想不到真的沾上了濕潤，「你……」

「可是為什麼呢？為什麼我現找到你了，卻更加害怕了呢？」百里寒冰的嘴唇緊貼著他乾枯凌亂的髮鬢，「如瑄，你不是真的想離開我，你不是真的要丟下我一個人，對不對？」

他伸出手，差點忍不住要去擁抱那個緊緊摟著自己的人，只差一點……

「師父，我知道你捨不得，可有些事始終無法強求。」他忍住了，甚至還灑脫一笑，「這樣吧，如果來世有幸，但願你我可以……」可以怎樣呢？可以暮暮朝朝？還是陌路天涯？來世，多麼遙遠又渺茫難測的來世。

「我不要來世，我什麼都可以不要。我只要你活著，只要你好好活著就可以了。」百里寒冰側過頭，近在咫尺地凝視著他無神的雙目：「對我來說，你比世上任何事物都重要千百倍。」

「師父……」溫熱的吐息近在咫尺，如瑄的聲音有些發顫，「你可知道自己在說什麼？」

「我是不知道。」他小心翼翼地撫上如瑄消瘦蒼白的臉頰，「我只是想和一個人朝夕相伴，時時刻刻守在他身旁，不願被別人分去他的目光；當我看到他受傷流血，心就會痛得厲害，恨不得能夠以身相替；他有一天突然消失不見，我發了瘋一樣四處尋找……如瑄你能不能告訴我，我對這個人，到底是懷著怎樣的感情呢？」

「不……」如瑄直覺地往後退避，卻逃不出那環繞著他的溫柔禁錮。

「我只當自己對你，不過是師父對徒弟的偏愛呵護，可是剛才看到你的那一刻，我才知道自己……」

「不要——」如瑄猛地喊了一聲，聲音大得把兩個人都嚇了一跳。

「你不要再說了。」一片寂靜之中，如瑄半垂下眼簾，輕聲嘆了口氣，「從我知道自己對你生了情意開始，到現在已經有十幾年的時間。這些年裡，我什麼滋味都已嘗過，對這份感情也早已沒了奢求。所以，你不需要對我說這樣的話……」

「你不相信我嗎？」

「不，我不是不信，我只是不敢……」如瑄的情緒激動起來，「若是我相信這是真的，那麼我怎麼捨得，你讓我怎麼捨得呢？我等了這麼多年……這麼多年……」

百里寒冰用力地摟著他，大聲喊叫著無思的名字，手忙腳亂地擦拭著從他嘴中湧出的鮮血。

散發奇特異香的鮮血順著他微張的嘴唇，不斷流淌滴落，就像身體裡所有血液都在爭先恐後地往外奔逃。但奇怪的是，他並不覺得有多麼痛苦。然後，他漆黑許久的視野中，似乎出現了模糊的光亮。

他彷彿看到了讓自己魂牽夢縈一世，卻始終如明月般遙不可及的人，正用一種哀慟絕望的目光凝視著自己。

「我沒事……方才無思幫我封住了心脈，暫時不會有事。」鮮血越流越多，他也越說越吃力，「我只是走得太久，有點累……你別著急，讓我睡一會就好……我……我還有好多話……等我……」

「如瑄，如果你真的要走，我讓他們……我讓你喜歡的人都去陪你，那樣你就不會孤單了，好不好？」

不好，怎麼能這樣呢。

「可是，那些人總是纏著你，是不是太煩人了？還是不要……」

他定了心，決定好好睡一覺，其他的事等醒來再說吧。

「如瑄，如果是真的……你害不害怕？」

怕有什麼用？

「我不怕，剛才看到你吐血我還在害怕，現在一點也不怕了。」

是啊，你別害怕。

「如瑄，你冷嗎？」

不冷。

「那我呢？」

嗯？

「你不要他們陪你，那讓我陪著你好不好？」

這是……在說什麼？

「如瑄，我陪著你，不論去什麼地方，不論在哪裡，都讓我陪著你，好不好？如瑄，我們會朝夕相伴，所以你不要怕，我就在這裡，我會陪著你的……」

意識漸漸恍惚飄散，他倚在溫暖的懷裡，聽著優美柔和的聲音，幾乎立刻就要睡著了。雖然想要回應，卻連手指都懶得動上一動。

等醒了，再好好問一問吧。

不過，他好像說了朝夕相伴，如果能夠那樣的話，那該多好。

朝夕朝夕，日夜……不離……

——《子夜呉歌之情難絕》完

子夜呉歌

番外 咫尺

「你說什麼？」慕容舒意聽到囈語，轉過頭去問他。

「我是說，怎麼不見你提到如瑄？」司徒朝暉懶洋洋地靠在車窗上，漫不經心地望著外頭，「在姑蘇時，你不是總把他掛在嘴邊？」

「我不是不想提他，但想到他一個七竅玲瓏的人，偏被那虛假的情愛束縛著，心裡就不是滋味。」慕容舒意總愛笑鬧的臉上帶著嘲諷，「這世上誰見過海枯石爛？哪有什麼地久天長？人生何其短暫，一轉眼就百年身了，為情痴狂的人真是再傻不過。」

「沒想到士別三日，真要刮目相看了。」司徒朝暉低下頭，用手指理著腰間的絲穗，看上去和平日裡有些不同，「既然你已達到這般非人境界，怎麼還不快點出家當和尚？說不定世人有幸，有機會見你插了翅膀飛上天的樣子。」

雖然已經習慣他的刻薄口舌，可慕容舒意還是有些掛不住面子，一臉哀怨地嘟囔著：「我拚了命趕來救你，居然這樣說我……」

「蜀中山川錦繡，我一直心嚮往之，可惜這次來去匆匆，無緣飽覽鍾靈秀色。自古蜀道難行，路阻且長，也許這一生都沒有機會再來了。」司徒朝暉撩動指尖，任由銀色絲穗從指縫縷縷流瀉，散落到漆黑的錦袍上，「如你所說，人生何其短暫，轉眼百年身，中間多少人多少事，就如這蜀地風光，錯過了一時也就錯過一世……」

許久，車中都沒有聲響。

「舒意……」

聽到他這樣喊，慕容舒意目光閃爍了一下，因這許久未見的稱呼而感到意外。

「我的指環呢？」司徒朝暉伸出手，「在你那裡嗎？」

「對不起，我來時趕得太急，在路上不小心掉了。」慕容舒意瞇起眼睛，「你不會怪我吧？」

「我不怪你。」他蜷攏手指收了回去，「自你處得來，從你手失去，也是冥冥中註定，就算了吧。」

慕容舒意沒想到他就此甘休，心中不免疑惑，過了一會忍不住問：「那唐有余……真的沒為難你嗎？」

他挑眉淺笑，反問道：「你是急著救我，所以才馬不停蹄趕來蜀中？」

「你說呢？」慕容舒意連眉頭都不皺一下，刻意調笑起來，「我聽人說，唐有余的女兒唐翠翹是個大美人，想著反正要來救你，若能順便有段風流韻事，才不枉千里迢迢跑來蜀中一趟嘛！」

還是和以往一樣，這模樣讓司徒朝暉一眼瞪了過來，從鼻中輕哼一聲。

「啊。」慕容舒意往後退了一些，訕笑著說：「你別生氣，我可看不上那種青澀的小丫頭，只是和你開個玩笑罷了。」

「我知道。」但和往常不同的是，下一刻司徒朝暉非但沒有怒而拳腳相加，竟然對他微笑搖頭，「別擔心，我不會再對你發脾氣了。」

「喂，司徒，你這是怎麼了？」慕容舒意戒備地看著他，「你是不是吃錯東西了？怎麼……怎麼這麼奇怪？」

「你自小才智過人，心思縝密，若是命裡不曾有我，一定早就成就事業，也許美眷如花，兒女承歡膝下。又怎麼會像現在這樣，終日放蕩散漫，佯裝輕狂，白白埋沒了將相之才？」司徒朝暉直起身子，俊雅眉目之間笑意流轉，目光裡不知深藏了多少情緒，「何況，這些年來你放下過往，待我像真正的兄長摯友，只是希望我有朝一日能從逆倫背德的妄想中清醒過來，你這番良苦用心我未嘗不懂，只是……」

有一瞬間，慕容舒意以為他會伸出手來碰觸自己，可最終他沒有，而是慢慢地靠回原處。

「只是我始終不及你灑脫，少年時那種愛慕、那段情仇，你已經可以坦然面對，甚至當作趣事說給人聽。我卻視作心中隱祕，夜夜獨自輾轉回想，一絲一毫也不願意與人分享。」司徒朝暉轉頭看向車外，出神地望著艱險崎嶇的蠶叢秦棧，「慕容舒意，有時我真是恨極了你的寬容大度。哪怕你把我當成仇人，也比這一笑泯恩仇強了不知多少倍。這樣就像你往前走，把我獨自留在後頭，不知不覺就離得太遠了……」

「司徒，語不驚人死不休可不是什麼好習慣，或者……這是你想出來捉弄人的新點子？」慕容舒意抿唇哂笑，「就你平日裡的手段，這種程度未免有失水準，至少也要像前幾次那樣，叫人拿刀架著說這些話才夠淒涼嘛！」

等了一會，竟然還是沒見司徒朝暉的拳頭招呼過來，慕容舒意不禁有種汗毛直豎的感覺。按照他的經驗來說，通常司徒朝暉脾氣越是溫順，就越是有怪異的事情在後頭等著。

「舒意，你還記不記得，我們第一次見面時的情形？」

「那些古早往事，怎麼又拿出來說了？」慕容舒意定了定神，「這問題你隔段時間就要問我一次，我怎麼敢忘呢？」

「是啊，我是怕你忘了，所以隔些時候總要你說上一遍。」司徒朝暉嘴角含笑，「可你每次都不說實話，明明是被人打得鼻青臉腫，抱著我的腳哭得一塌糊塗，卻總說什麼猶記翩翩少年，當時楓林初見……」

「這些話你上次也說過了。」慕容舒意靠到一旁，笑容也和緩起來。

「青楓樹，秋赤葉，豔陽天，翩翩少年，當時相見……」

司徒朝暉閉起眼睛輕聲細語，儀態風姿嫻雅端麗，就如同世人眼中的風流才子、傾國名士。但慕容舒意再清楚不過，在這優雅皮囊之下藏著的，是多麼喜怒無常、偏執激烈的魂魄。

「司徒，好像有些過了。」這是許多年來，他第一次對司徒朝暉說這種話，「到此打住，我們都別再說話了吧。」

司徒朝暉卻好像不願順遂他的心意，一副執意糾纏到底的架式。

最教慕容舒意想不明白的，是那種讓人吃不消的壞脾氣怎麼會突然間從這人身上消失不見了？

「舒意，此番事了之後，你也好好為自己的終身大事做個打算吧。」

慕容舒意自顧自地揣測，一時沒有認真聽進耳中，直到感覺有些怪異，才仔細想了想。其實不用多想，這句話根本只有一個意思。

「司徒。」他完全地放下心來，暗自鬆了口氣，「你不用試探我，我已經說過，這一輩子是不會娶妻生子了。」

「我這些年想盡方法，不許你沾染別人。原本是打定主意，怎樣都要纏你一輩子的，可是……」司徒朝暉一臉悵然若失，「你身分顯赫，人品出眾，怎麼也不該一輩子孤家寡人。」

「你這話到底是什麼意思？」

「雖然流水流雲兄弟都不錯，但畢竟不是你的親生骨肉，慕容家血脈單薄，還是不要在你這一代斷絕了。」

「司徒朝暉，你倒是敢說這樣的話啊。」慕容舒意的聲音低低沉沉，「難道你忘了，當初是誰逼著我在月老祠裡發誓，說要是今生娶妻生子，就不得好死？」

「你還記得，其實……」

「其實你只是和我說笑，對不對？」慕容舒意冷冷笑問，「那麼司徒大人，你現在可滿意了？」

「不是。」司徒朝暉望了過來，目光是不曾有過的溫和柔順，「舒意，我不是在開玩笑。」

「那好，你可要記得自己對我說了什麼啊。」慕容舒意扯起嘴角，笑得有些惡劣，「等一回到蘇州，我就娶十幾個美女，到時候你可不要後悔。」

「後悔……」司徒朝暉低下頭，雙肩微動，看樣子像是在忍笑，「我有什麼可以後悔的？」

「司徒朝暉，你夠了沒有？」慕容舒意的笑容垮了下來，恨恨地咬了咬牙，「逼我發誓不娶的是你，現在要我娶的也是你，你就這麼想讓我不得好死啊？」

「怎麼會呢。」司徒朝暉輕聲嘆了口氣，「舒意，那時你不過七八歲，又是半夜裡被我從床上拖起來，所以難怪會記錯了。」

「記錯什麼？」

「你發的那個誓。」他抬起頭，「我是讓你發誓不能娶妻生子，可沒說要是你娶了就會不得好死，所以你大可以放心。不過，你也要答應我，以後不論你娶多少個女人，不論她們多麼年輕貌美，你都不可以愛上她們之中的任何一個。你可以對她們好，可是你的心，不能給任何人。」

「你……」背著光看得不真切，但那雙眼眸裡彷彿閃爍著水光。慕容舒意伸手過去，「你在哭嗎？」

「舒意，你答應我好嗎？」司徒朝暉的手握了上來，在和暖的陽光裡微微冰涼，「我知道其實你是愛著我的，只是當年你母親……」

「說這些有什麼意思？」慕容舒意擰著眉頭，有些惱怒地說，「怪只怪天意弄人，你我今生除了兄弟好友，不可能再有其他的關係了。」

「我……我只是……算了。」司徒朝暉淡淡一笑，然後鬆開了與他交握在一起的手，「我一直對你要求太多，是我太貪心了。」

「司徒朝暉，你這次是當真的，對不對？」慕容舒意看著自己空無一物的掌心，有些茫然地問，「你怎麼突然想通了呢？」

「相去萬里，遠在天涯，縱然讓人夢縈魂牽，可比起近在咫尺，心若參商，終究要好上許多。或者相忘江湖，對你我來說才是最好吧。」司徒朝暉輕笑了幾聲，然後半閉起眼睛曼聲吟道：「行行重行行，與君生別離。相去萬餘里，各在天一涯……」

聽著那舒緩清揚的聲音，彷彿有什麼自慕容舒意腦海中閃過。

我今日在此發誓，若慕容舒意敢娶妻生子，那我司徒朝暉就腸穿肚破，萬箭穿心，烈火焚身，死無全屍……

「是你發的誓……」慕容舒意頓時臉上血色全失。

司徒朝暉向他微笑，帶著一如既往的眷戀凝望著他，似乎有千言萬語想要對他訴說，卻沒有開口。

「司徒朝暉！」

眼看就要抓住了，可那寂寥孤獨的黑色身影剎那間化作片片鮮紅，從他指掌間穿透散落。

他驚恐大喊，翻身坐了起來。

「王爺！」他的貼身侍從連忙靠了過來，「您怎麼了？」

他迷茫地環顧四周，從篝火到周圍一張張熟悉又陌生的臉孔。

「王爺！王爺！」侍從看他模樣古怪，不由緊張了起來。

「這是哪裡？」他茫茫然地問，「朝暉呢？朝暉他在哪裡？他到哪裡去了？」

問到最後兩句，他的聲調不知不覺尖銳起來，神情也變得異常激動。

「回王爺，此地距離川中大約還有百里路程。」侍從低著頭回答，「您可能是連日趕路過於疲乏，又擔心司徒大人的安危，所以才做了惡夢。」

他抬起頭，望見天心月明如素，銀河璀璨。

「原來……」他彎了彎嘴角，寬慰著自己，「沒事的，只是惡夢罷了。」

可就算是這樣，一想到剛才夢裡的畫面，他猶有餘悸地吸了口氣。

等稍稍平復了些，他才察覺臉上有種奇怪的冰涼，伸手去摸卻沾染了滿手濕意。

侍從始終低頭跪著，周圍的人也都不敢看他。他呆了一會，站起來胡亂地抹了抹臉。

「現在……」他剛想問問時辰，眼角恰巧瞥見一抹紅豔，讓他的心猛然一跳。

再定睛一看，他的臉色頓時變了，哪怕被火光映著，也是慘白一片。

就在他的腳下，一片鮮紅楓葉靜靜地躺在那裡。

他慢慢彎下腰，從地上撿起那片葉子。鮮紅在他指間顫抖許久，猛地被揉成一團。

「什麼嘛。」他扯開嘴角，「只是做夢，不可能的……」

他拉出衣領裡的紅繩，緊緊握了一下又再放開。

「來人，把我的千里追牽過來。」他大聲吩咐，用腳挑起靠在身旁的長槍，綁到背上。

「王爺，千里追速度極快，餘下眾騎恐怕追趕不上。」侍從試圖阻止他，「唐家綁走司徒大人脅迫王爺，實在是居心叵測，若是對王爺你……」

「那本王倒要看看，唐有余到底有多大的本事。」他拉住遞來的轡繩，翻身跨上通體漆黑、四蹄雪白的大宛名駒，「我先行一步，你們隨後趕上。」

「王爺，不可孤身涉險！」

「駕——」他一拉轡繩，胯下駿馬仰天長嘶，前蹄離地空蹬，爾後四蹄翻飛，足不沾土，眨眼已經飛奔而去。

風聲在耳旁掠過，臉頰不知何時被路旁橫出的樹枝尖梢劃出道道血痕，他卻恍若不覺，始終彎著腰夾緊腳蹬，讓急馳的速度保持飛快。

月光穿透樹林，灑下斑駁光亮，眼前幽暗的道路盡頭，依稀是一片火紅楓林，冥冥中，似有人長長嘆息……

他用力地閉了下眼，再睜開時，向來清亮的眼眸蒙上濃濃晦暗。

「我馬上就到了。」他略低下頭，輕聲說，「你等著我。」
頸中用紅繩繫著的白玉指環，在冷冷夜色中散發出溫潤的光芒。

——番外〈咫尺〉完

子夜呉歌

番外

不寄人間

吉春躺在一塊木板上，被熾烈的陽光曝晒了不知多久。

她眼前白茫茫的什麼也看不清晰，充斥耳畔的水聲也不知何時消失不見了。

這樣起起伏伏許久，彷彿要魂魄離體之時，突然有什麼冰涼的東西，接二連三落到了她的臉上。

這些東西沾濕了乾涸的嘴唇，讓她本能地張嘴去接。

而隨著更多水分進入身體，她的視野也逐漸清晰起來。

她確實還在毫無邊際的海水之中，而天空也確實往下落著一片片白色的碎屑。

這是吉春從未見過的東西。

她充滿驚奇地用手指接住一片，然後眼見著這東西在開裂的指尖上融化成水。

在她出生長大的地方，從來就沒有下過雪，這是她第一次見到雪花。

可等新鮮感過去之後，她很快又陷入了無盡的低落之中。

隨著落雪越來越大，寒意漸漸濃重，海水也變得刺骨起來。

吉春就這樣半浮半沉地躺在木板上，看著落雪的天空漸漸被濃霧遮掩，心裡異常平靜，漸漸也不覺得海水冰冷，甚至渾身都暖洋洋的。

就像回到了很久很久以前，她躺在平靜海面上晒著太陽的時光。

但一切都已經回不去了，她再怎麼心存不甘，也很快就要在荒蕪的大海裡獨自死去，而她那高不可攀的仇人依然不知身在何處，過著不知如何舒心愜意的好日子。

她放棄似地閉上眼睛，眼角突然閃過一片黑影，像是有什麼東西猛地竄了過去。雖然沒有力氣也不想理會，但緊跟著有越來越多的黑影從她身邊掠過，甚至有巨大的事物出現在上方，遮擋了原本尚有微光的天空，將她整個人籠罩在一片黑暗之中。

隔著大霧看不清是什麼，她努力地看了一會，依稀辨認出羽翼的輪廓。

居然有這麼巨大的鳥，看來這世界似乎並不荒涼……吉春仰著頭，恍恍惚惚地想著。

這念頭讓她逐漸振作起來，也終於看清楚了那些從自己身邊游過的是什麼。

那是她從沒見過的活物，看上去像魚，又像是人，面目猙獰醜陋，帶著異常腥臭的腐敗氣味。她從沒見過這麼醜的東西，忍不住嚇了一跳，本能地在身上尋找武器。

但她歷經艱難才活了下來，連身上的衣衫都已經化為烏有，哪裡還會有什麼武器？

好在這些怪物就像根本看不到她，都朝著一個方向飛快地游去，數量之多之密，就連她身下的木板都被帶著往那個方向漂去。

吉春被好奇驅使，用手劃著水跟了上去。

很快地，在霧氣之中，影影綽綽地顯露出險峻奇異的輪廓。

「是山！」吉春興奮極了，如果可以，她甚至想跳上幾下，「有山啊！」

周圍原本安靜的怪物們被驚動了，整齊地朝她看了過來。

吉春一點也不在意。

看到陸地的話，代表她終於成功離開那個可怕的地方。她成功了，吉春心中雀躍萬分，看著眼前這些怪物也沒有那麼醜了。

霧氣漸漸散開，前方越來越多的嶙峋怪石突出海面。

吉春靠上一塊海岩，擦了一下嘴角的血跡，仰望著漸漸顯現出的陡峭山崖。在她面前，碩大的圓月正從海面升起。

一縷鮮血從她腳邊蜿蜒流淌而過，很快就擴散開來，染紅了整個海面，在銀色的月光下顯現出妖異的色澤。

吉春爬上岩石頂端，終於看清楚前方發生了什麼。

山崖如同被從中劈開一分為二，中間只有狹窄一隙。

吉春的眼睛能看得很遠，所以她看到了在那縫隙中央，有一道又窄又長的臺階。

無數的怪魚如蜂擁的潮水般往臺階上攀爬。

雖然出了水之後動作遲緩，臺階也好似非常濕滑，所以它們的速度並不算快，但因為數量眾多，看上去依然聲勢浩大。

但沒有任何一隻怪物能夠攀爬到頂端。

因為那裡站著一個人。

那人手裡鋒利的武器閃爍著寒光，只需輕輕一揮，就有一隻好不容易爬上去的怪魚被斬落。

陸續有巨大飛鳥從吉春頭頂飛過，衝向了那個男人，但也是一隻接著一隻被斬下了頭顱。

這些怪物的屍首不停地滾落長階，沉入海中。

吉春坐在那裡看著，她偶爾會看看那個人，但大多時間都在看著掛在天上的月亮。

這是她第一次看到月亮，在她出生成長的地方，是看不到的月亮的。那裡什麼都沒有，或許有過什麼，但早在很久之前就已經荒蕪一片。

等她終於看夠那漂亮的銀盤，時間已經過了許久。

那人卻還是不停斬殺著怪物，雖然看上去是人的樣子，但渾身上下散發著凶煞的氣息，彷彿一頭披著人皮的惡獸。

吉春雖然許久沒有和這種會說話的活物打交道，但趨吉避凶的本能卻依然存在。

如果她現在過去，估計就要正面迎上那懾人的鋒芒，所以還是耐心等待為好。

這一等，就等到晨光初現之時，那些怪物終於放棄攀爬臺階，向四面散開。

臺階上那人也沒有追擊，而是原地盤膝坐下。

吉春覺得時機到了。

她重新抱住那塊木板，如同之前的無數個白日一樣，任由自己漂浮在海水之中。

一個赤身裸體的女人漂浮在滿是殘肢碎肉的海面上，金色曦光在她雪白的皮膚上流淌，長長的頭髮浸在海水之中，呈現出深暗的紅色。

他坐在高臺之上，鏖戰一夜還未散去戾氣的眼中，映出這詭異又香豔的一幕。

但他並沒有動，甚至表情也沒有任何變化。

吉春離臺階越來越近，她有些緊張起來，借著遮掩偷看上面的那人。

這個距離，她已經能夠看清楚那人的長相。

雖然渾身浴血，但看上去一點也不狼狽，反而還挺好看的。

她上一次看到這樣的人還是在……

吉春抿了下嘴唇，壓下湧上的笑意，但下一瞬間，她頸後的汗毛都豎了起來。

黑色的鞋子出現在她的視線之中。

在這一眨眼的時間裡，那人已經從高處的臺階上，悄無聲息地來到了她的面前。

「這位姑娘。」和想像中截然不同，那人的聲音十分溫柔，「請問妳從何處而來？」

隨著這句問話，一件還帶著體溫的衣衫蓋到了她的身上。

吉春無法再繼續假裝昏睡，只能順勢張開眼睛。

和那個人靠得太近，無法忽視的殺戮氣息如同鋒利的劍刃迎面而來，讓她瞬間變了臉色。

儘管對方刻意收斂，但那種有如實質的殺氣還是讓她渾身發痛。可最奇怪的是，她能夠感覺到對方確實只是凡俗血肉。

但一個柔弱的普通人，又怎麼可能讓她想要退縮避讓？不過吉春並不是善於思考的人，比起在這裡思來想去，依靠本能行動才是她的風格。

所以她仰起頭，對那個男人露出畏怯恐懼的表情。

「請你、請你救救我……」她仿照那些將要被殺死的幼獸瞪大眼睛裝可憐，「不然我就要死了。」

那人的表情和眼神果然柔和下來。

吉春心中暗喜，伸手就要去抓他的腿，但也不知道那人怎麼做到的，她最後抓住的卻是那把殺了無數怪物的武器。

她不知道這種武器叫什麼，但觸手之處卻像針刺刀割一樣，嚇得她立刻放開。

「妳從何處而來？」那人又問了一聲，「或許，是從這片海域之外？東方？」

完全沒想到他會這麼問的吉春愣住了。

「嗯……算是吧。」她含糊地回答。

「海上風雲莫測，姑娘一定是遇到了可怕的意外。」那人倒是善解人意，並沒有繼續追問下去。

而且這幾句問答之間，他身上那種尖銳的殺氣已經莫名消失，要不是滿身是血站在一堆殘屍之中，吉春可能還會覺得他挺親切的。

「上面有一處勉強能夠遮風避雨的洞窟，若是姑娘不嫌棄，請上去歇一會吧。」他親切地提議。

吉春糊裡糊塗地跟在後面爬上臺階。

她看了一夜殺戮，對這座臺階心有餘悸，加上披在肩頭的衣服散發著濃重的血腥味，讓她不太自在。

但那人走在前面，腳步不疾不徐，一副十分尋常的樣子。

「姑娘不用害怕。」他的聲音也是不緊不慢，「那些邪物看著可怕，但也只是血肉之軀。」

「那你……」吉春跨過一顆尚且睜著眼睛的飛鳥頭顱，試探著問：「你為什麼要殺了它們啊？」

那人沒有立刻回答，直到踏上最後一級臺階。

「只是應盡之責。」他回過頭來，目光越過吉春看向遙遠之處。

吉春也跟著往身後看，但那裡什麼都沒有。

「大雨就要來了。」那人收回視線，對吉春說：「姑娘請跟我來。」

吉春跟著他往狹窄的山道裡走去，沒過多久，在山壁上出現了一個不大的山洞。

那人走了進去，吉春就在洞口朝裡面張望。

裡面幾乎沒有什麼東西，只有一塊石頭和幾件衣物。

這時，天空突然昏暗下來，烏雲層層疊疊如同要從空中墜落，一瞬間大雨便傾瀉而來。

吉春並沒有急著進去避雨，她仰著頭張開雙臂，讓披著的外衣落下，任由雨水沖刷著自己的身體。

雨停的時候也和來時一樣突然，烏雲迅速散開，眨眼又恢復晴空萬里。

吉春隨之睜開眼睛，長長地呼了口氣。

「第一次看到下雨的時候，其他人非常害怕，但我不知道為什麼卻很開心。」

她對著天空喃喃說道，「現在想起來，應該是因為那些雨來自其他地方，而我只是太想要離開那裡……」

「妳做到了吧？」

「是啊。」吉春咧開嘴笑了，「我靠自己做到了。」

那人將一件乾淨的衣服展開，然後遞了過來。

吉春接過來胡亂套上，看著他撿起被自己脫下的那件，丟進了山洞旁一處積水的淺窪。

接著吉春就蹲在一旁，看著他熟練地洗衣服，覺得挺有意思的。

「你一個人住在這裡嗎？」她指了指山洞。

「暫居於此。」那人將搓洗乾淨的衣服掛在山岩上。

「那邊是什麼地方？」吉春把手指移到了山道的另一頭。

「人間。」

吉春並沒有聽懂這兩個字，但並不妨礙她理解其中的意思。

「有很多人在的地方啊。」她笑了起來，「我要去那裡。」

山道盡頭是一處深不見底的懸崖，猛烈的山風從崖底襲捲而上，只有一座簡易的長橋通往厚重的迷霧之中。

吉春蹦蹦跳跳地朝著那座橋跑去，就在她的腳跨上橋面的那一瞬間，一道火光突然自地底鑽出，往她捲了過來。

吉春飛快地往旁邊滾去，跳上一塊石頭，好在那道火焰沒有追過來，只是在原地游弋一圈，便重新沒入泥土之中。

直覺告訴吉春，要是被火焰燎到了可能會很痛，她警惕地蹲在原地，不敢輕易動彈。

那人這時才慢吞吞地走了過來。

「姑娘不認識字嗎？」

「認得啊。」吉春挺了挺胸，「我認得好多字呢。」

那人看向她的腳下。

吉春這才發現腳下是一塊石碑，上面刻著一大堆字，不過這些字和她認識的不太一樣。

「我看不懂。」她老實地問：「上面寫了什麼？」

那人念了一遍，吉春依然聽不懂。

「這裡東海之界，分隔著人間與異世。」他簡單地解釋了一下，「地下有陰息之火，白日裡會阻擋一切外來的陰邪之物進入人間。」

「陰邪？那是什麼？」問完吉春就反應過來，「啊，那些怪物！」

她接著又有疑問了。

「那我為什麼過不去？」她摸了摸自己的臉，「我長得不奇怪啊。」

那人看了一眼她的紅色頭髮，並沒有說話，吉春失望地把臉皺在一起。

既然過不去，吉春只能跟著那人回到山洞。

「我叫吉春。」她突然想起來問道，「你叫什麼名字啊？」

「吉春……好名字。」那人從劍鞘裡抽出鋒利的武器，浸入水中洗濯，「妳叫我百里就行。」

「百里……」吉春很感興趣地看著那件武器，「這是什麼武器？好厲害啊！」

「這是我的劍。」百里認真仔細地清洗，用軟布擦乾淨後歸入鞘中，然後從懷裡拿出一個飾物，小心地繫在劍柄上。

吉春看飾物精巧，想要拿過來看看，卻被躲開了。

她扁了扁嘴，生出了一定要看的念頭，於是加快速度伸手去抓。

可她試了很久，最終也沒能抓到，反倒還累得要命，而那個百里居然連喘都不喘。

「這不對啊。」她不服氣地嚷嚷著，「你明明年紀這麼大了，怎麼可能動作比我還快？」

百里的鬢角帶著斑白，在吉春的認知裡，這代表著老人。雖然之前還感覺有些凶狠，但經過這段時間，她已經看出這人其實挺和氣的。

「你是不是用了什麼……」她眼珠一轉，湊近過去。

確定百里沒有防備之後，一朵火花從她掌心冒了出來，朝百里燒了過去。

這是她唯一會用的法術，在這麼近的距離，從來沒人能夠躲過。想像著對方驚慌的樣子，吉春的臉上露出了笑容。

但出乎意料的，百里居然不知怎麼地就避開了，還把武器架到了她的脖子上。吉春沒有見過這種本事，頓時嘆為觀止。

「你好厲害啊！」她笑得毫無城府，指著那個墜子說道，「我就是想看一看那個，你給我看一看，好不好？」

「不行。」百里收回長劍，用指尖梳過流蘇，「這是我的珍愛之物。」他把布滿裂痕的玉蝴蝶攏在掌心，低垂的眉眼之中滿是溫柔。

「不行就不行吧。」吉春撇了撇嘴，「我餓了。」

百里居然告訴她，這裡沒有什麼可以吃的。

「你不用吃東西嗎？」吉春一邊在海裡撈魚，一邊不滿地嘮叨，「我已經吃魚吃煩了。」

雖然這麼說，但她吃起來還是津津有味。

「我修行武學略有所成，已不需飲食。」百里坐在上面的臺階，看著她把啃剩的魚骨丟回海裡。

也許是因為那場大雨，又或者什麼別的原因，臺階上已經乾乾淨淨，臺階下也沒了鮮血殘屍，看著就和尋常的海水沒什麼兩樣。

「那我也要學那個，可以不用吃飯。」吉春以為「武學」多半也是一種法術。

「妳學不會。」

吉春最恨聽到這種話，立刻板起臉來。

「你們怎麼都這麼說？」她磨了磨牙齒，「我學不會他的本事倒也算了，但你的本事我有什麼學不會的？」

百里並沒有回答，而是閉上眼睛，像是想要休息一下。

吉春瞪著他，悻悻然咬了一口抓在手裡的生魚。

吃飽的吉春在周圍繞了幾圈，甚至試著攀上一旁的峭壁。到了半途卻像是撞上了一層無形的屏障，她才明白為什麼那些鳥都不往上飛。

「我明白了。」她回到臺階那裡，得意地說，「這是一個陣勢，這個位置就是生門，所以那些怪物只能從這裡過去。」

「妳似乎懂得很多。」百里睜開眼睛。

「我學過的，不過這個很難，而且根本沒用，他就是故意挑沒用的東西教我……」吉春說到這裡有些不耐煩，閉上嘴生起悶氣。

百里睜開眼睛，正巧和她四目相對。

「你說……」吉春忍不住問道：「要是你有一個很厲害很厲害的仇人，你會怎麼做？」

「決戰。」百里低頭看著膝頭的長劍。

「打架嗎？」吉春撐著下頷，翻了個白眼，「我阿爹說過，這世上已經沒有身分比他更高貴的人了，我這樣的半神再過一萬年也打不過他。」

「權勢不足為懼。」

「他可是白王，我肯定打不過他，但不能這麼就算了。」吉春認真地說，「我本來很久很久以前，就能離開那個該死的地方，但他在最後把我丟下了。他帶走了所有人，那些沒用的人，把我一個人丟在那個鬼地方受苦，你知道我有多生氣嗎？我難道不應該讓他也難受一下嗎？」

百里沒有說話。

「哎，你為什麼不回答我？」沒有得到認同，吉春有點不高興，「難道你也覺得是我不對嗎？」

「妳心中已有定論，何須他人再作評判？」

「阿爹讓我好好服侍他，因為沒有他，我就不能離開那裡。但阿爹錯了，沒有他，我還不是自己出來了嗎？」吉春歪著頭，「他不過是覺得自己十分了不起，覺得人人都需要他，但其實他根本不可能救得了每一個人，這世上有沒有他都是一樣。」

百里再次抬起眼睛，看著這個茹毛飲血的異族女子。

「怎麼了？」這個老傢伙的眼睛特別黑，被盯著看的時候教人有些發怵，「我說錯了嗎？」

「不。」百里慢慢搖了搖頭，「姑娘說得很有道理。」

「對吧！」吉春眼睛一亮，跑到他面前蹲了下來，「你說我該怎麼報復他比較好？」

「人生不過飛鴻踏雪，在這世上留不了多少痕跡，若是不能順應自己的心意而活……」

「啊？」吉春眨了眨眼睛，「你說什麼？」

「我留在這裡，因為這是我的應盡之責。」

「這話你好像說過了，是什麼意思？」

「當年我為了來到這裡，破開了五離血煞，打開了夜間通往人世的途徑。」

百里看向海面，此時太陽已經漸漸偏西，「所以我留在這裡，以阻擋這些邪物為己任，但或許……」

「霧裡……啥？」吉春把臉皺到了一起。

後面她再試圖搭話，百里卻沒有再說一個字。

「到底是怎麼一個人活下來的？」她惱火地問，「難道從來不跟別的東西說話嗎？」

和往常一樣，生氣以後吉春又覺得餓了，只能跑去海裡撈魚。

太陽漸漸西沉，海面慢慢瀰漫起霧氣，吉春叼著魚走上臺階。

「你就這樣白天坐著晚上殺魚怪？」她含糊地問，「每天都這樣嗎？」

百里解下劍穗放到懷中，然後站了起來。

海風吹動他的外衣，天地間頓時生出了肅殺之感。

吉春坐在一旁，看著百里斬殺那些怪物。

她見識不多，所以也不知道「人間」是不是有很多百里這樣的人。如果是的話，好像有點危險。

在濃厚的血腥味裡，她百無聊賴地靠在山壁上，東看西看了好一會，直到沒什麼能看的之後，才又把視線移到百里那邊。

等靠近看這些怪物，才發覺它們看起來差不多，但還是有不同之處。就比如現在躲在其他魚怪後面的那隻，就長得和人的樣子更接近，似乎也更聰明一些。像是知道百里難對付，就在後面觀望局勢，而不是魯莽地往前衝。

看那表情，應該是在害怕吧？啊，跑掉了，沒用的傢伙。天上的那隻鳥也光是轉圈，一副不敢下來的樣子。

不過說起來，拿著劍的百里看上去確實有點嚇人，畢竟那些怪物雖然很蠢很難吃，可實實在在皮粗肉厚，百里殺得那麼輕鬆，所以從正面攻擊肯定是行不通的。

「都是蠢……咦？」她猛地坐直身體。

一道黑影出現在山壁高處、百里側後方的位置上。

那黑影就是剛才那隻看上去更像人的魚怪。

它無聲無息地爬到高處，然後找準時機跳了出來，往正揮劍砍下的百里撲了過去。

這怪物又長又尖的指甲泛著異樣的色澤，被抓到一定會皮開肉綻。

吉春衝了過去，大喊一聲「小心」。

百里反應迅速地回劍格擋，劍尖和那些指甲碰撞之時，發出了金屬交擊的聲響，之後竟被對方生著蹼膜的手掌抓住了。

「我來幫你！」吉春抽出一根銳利的長刺，那是她下午潛入更遠一些的深海之中，從一隻怪東西頭上折下來的。她把這根刺藏在袖子裡，直到這一刻才派上用場。

百里此時正順勢躍起，借力在空中翻轉，讓長劍旋轉著擺脫那些堅硬的指甲，刺進了那隻魚怪的咽喉。

上方的碩大怪鳥發出尖銳刺耳的嘶鳴，驀地俯衝下來。

而吉春手裡的長刺，已經到了百里的眉心——

這千鈞一髮之際，自覺勝券在握的吉春突然看到百里的嘴角往上彎了幾分。

她發誓這次她絕對沒眨眼睛。

但那魚怪還是被洞穿咽喉，她手中的刺也被劍鞘擋住，而那隻怪鳥被踩著脖子倒在地上。

這一切到底是怎麼發生的？

吉春目瞪口呆地看著百里從魚怪喉嚨裡慢慢拔出長劍，抵在劍鞘上的刺突然斷成好幾截，鳥還是被踩在地上，好像暈過去了。

「我就是和你……」吉春想要像之前那樣蒙混過去，但脖子一涼，她就一個字也說不出來了。

她摸了摸自己的喉嚨，沾了一手腥熱。

百里站在那裡看著她，身後聚集起來的好幾隻魚怪變成碎塊飛了出去。

原來他不用武器也能這麼厲害，他一定懂法術……被騙了……又被騙了……

吉春坐倒在地上，鮮血從她的脖子裡流淌出來，但她還是狠狠地盯著百里。

「每一夜來到此地的邪物大致是三千上下，如果我用盡全力，一個時辰就能殺盡，接著便要獨自枯坐到天明。」百里轉過身，「我只是不想那樣，才將時間拉長一些。」

吉春試著動了一下脖子，但流淌出來的鮮血更多了，她張開嘴，血從嘴裡流了出來。

這段時間，百里已經把目光所及之處的怪物都清理乾淨，他甩了下長劍上的鮮血，回到吉春的面前。

「妳不諳世事倫理，只受私欲驅使，也就是披了一層皮囊，內裡與這些邪物並無二致。」

吉春說不了話，只能惡狠狠地瞪著他。

「我守在這裡已經有一千兩百五十六個晝夜，自覺從未後悔，雖然力未盡而心已疲，但責任所在，絲毫不敢懈怠。」百里平和地看著她，「可是妳的出現，卻讓我想明白了一件事情。」

吉春捂住自己的脖子。

「我斬開五離血煞之時，便已經拋棄過往一切，卻還以為能夠將此生抵過。」百里抬手按住胸前，「我立誓要與他時時刻刻都在一起，直至霜雪滿頭，泉下銷骨，可只為了求得一點心安，最終還是放他獨自飄零。」

在月光中，他的眼珠似乎泛著淡淡殷紅。

吉春握緊拳頭，顫顫巍巍地站了起來。

百里已經走向了另一頭的山道。

須彌，吉春聽見一聲轟然巨響，想來是那座通往人間的長橋已被毀去。

她踉蹌著跑過去，鮮血在腳下如綻開的花朵，而百里已經走了回來。

他的頭髮和衣袍在突然猛烈起來的風中飛揚，吉春眼前昏花，把他的身影和心中最恨的人重合到了一處。

滿身浴血的吉春發出含糊的聲音，眼看著那個身影越走越近，她那無處發洩的憤怒湧上天靈，從髮梢燃起的火焰瞬間照亮了昏暗的山道。

不過也只有一瞬。

吉春覺得胸口一痛，長劍已經穿過了她的心臟，直接從後背刺了出來，她髮梢的火焰也頓時消散。

刺穿心臟遠比割開喉嚨要嚴重許多，她支撐不住倒在地上。

「吉春姑娘，妳覺得人間是什麼樣的地方？」百里俯視著她。

吉春的目光望向了山道的那一頭。

「也許那裡並不是如妳所想那樣美好的地方。」百里並沒有把劍收回來，而是直接走了過去。

吉春深深地吸了口氣，卻嗆了好幾口鮮血出來，她也試著拔出那把劍，但卻怎麼也做不到。

這時百里已經回到了臺階上方，他弄醒了暈在地上的大鳥，用衣帶代替簡易的轡繩。

吉春最後看到他，就是他坐在大鳥的背上，飛上天空的樣子。

好笑的是，她遇到的每一個人都是這樣，最後都是頭也不回地離開。

她不再去管那把劍，翻過身對著天空笑了起來。

百里其實回頭了。

他看到憑空燃起的火焰從星星點點到映紅了半邊天空。

但他只看了一眼，便收回目光，駕馭著大鳥往東方飛去。

出了東海之外，再往東一千里。

他站在高處遠眺，似乎能穿透遙遠的距離，看到那座被描述成蓮花模樣的島嶼。

終於不用靠渺茫的思念度過餘生，他要去往那裡，與摯愛之人相見。

「如瑄……」

低語之聲隨風遠去，而青冥浩蕩，東方明矣。

此生，再不寄人間。

——番外〈不寄人間〉完

——《子夜呉歌》全系列完

高寶書版集團
gobooks.com.tw

BL047

子夜吳歌之情難絕

作　　者　墨　竹
繪　　者　はまぐり
編　　輯　任芸慧
校　　對　林雨欣
美術編輯　林鈞儀
排　　版　彭立瑋

發 行 人　朱凱蕾
出　　版　英屬維京群島商高寶國際有限公司臺灣分公司
Global Group Holdings, Ltd.
地　　址　臺北市內湖區洲子街88號3樓
網　　址　www.gobooks.com.tw
電　　話　(02) 27992788
電　　郵　readers@gobooks.com.tw（讀者服務部）
pr@gobooks.com.tw（公關諮詢部）
傳　　真　出版部　(02) 27990909　行銷部 (02) 27993088
郵政劃撥　50404557
戶　　名　三日月書版股份有限公司
發　　行　三日月書版股份有限公司/Printed in Taiwan
初版日期　2020年11月

國家圖書館出版品預行編目(CIP)資料

子夜吳歌 / 墨竹著著.-- 初版. -- 臺北市：高寶國際, 2020.11-
冊；　公分. --

ISBN 978-986-361-859-1(下冊：平裝)

857.7　　109007254

三日月書版

三日月書版

GOBOOKS
& SITAK
GROUP©

GOBOOKS
& SITAK
GROUP©